MERIDIANE

Aus aller Welt

Band 4

Steinunn
Sigurdardóttir

Der Zeitdieb

Roman

Aus dem Isländischen von
Coletta Bürling

Ammann Verlag

Die Originalausgabe ist unter dem Titel
»Tímathjófurinn« im Verlag Idunn, Reykjavik, erschienen.
Die Übersetzung dieses Werkes wurde mit einem Beitrag vom Fund for the Promotion of Icelandic Literature gefördert. Der Verlag dankt für diese Unterstützung.

Satz: Dörlemann Satz, Lemförde
Druck: Clausen und Bosse, Leck
ISBN 3-250-60004-0

Feierlicher Schulbeginn

Ich bin zu früh da, denn meine Uhr geht nach. Ich versuche, sie nach der Domuhr zu stellen, aber für eine Frau in Handschuhen ist das ein hoffnungsloses Unterfangen. Mir graut's davor, die Wartezeit auf dem Austurvöllur* abzubrummen, indem ich um die Statue von Jón Sigurdsson herumgehe, aber mir fällt nichts Besseres ein, um die Zeit totzuschlagen. Bei der Siebten Umrundung dringt ein ungewöhnlich lauter Trauermarsch aus der Kirche an meine Ohren.

Dann wird ein Sarg hinausgetragen. Muß eine junge Frau sein, denn ein Mann um die Dreißig und ein sieben oder acht Jahre altes Mädchen gehen direkt hinter ihm her. Sie schleppen die Füße über den Asphalt. Die Trauergäste kommen einer nach dem anderen aus der Kirche und vermischen sich mit Lehrern und Schülern, die auf dieselbe Zeremonie warten wie ich. Feierlicher Schulbeginn. Ich habe einen roten Mantel an und schwarze Strümpfe, und ich geniere mich etwas, denn die Leute könnten denken, ich sei in diesem nuttigen Aufzug zur Beerdigung gegangen.

Löchrige Wolken sausen durch die Gegend, so daß die Sonne an- und ausgeht wie ein kaputter Leuchtturm. Die Bäume im Garten des Parlamentsgebäudes sind schon recht schäbig, obwohl der September gerade erst angefangen hat. Jetzt kommt mal wieder ein Loch, ein Lichtstrahl fällt auf Trauernde

* Austurvöllur: Platz in der Stadtmitte von Reykjavík, an dem Dom und Parlamentsgebäude liegen. Mitten auf diesem Platz befindet sich die Statue von Jón Sigurdsson, dem isländischen Freiheitskämpfer.

und Schulangehörige, und im gleichen Moment stiebt ein neuer Schneeschauer ins Gesicht.

Steindór, mein Kollege in Latein und Französisch, steht in der Nähe und schaut mich mit hündischen Augen und lüsternen Lippen an. Ich versuche, seinem Blick zu entkommen, nehme ein rotes Kopftuch aus der Tasche, lege es über mein aufgestecktes Haar und binde es unter dem Kinn fest. Sozusagen im Anschluß daran schießt ein schwarzer Regenschirm auf, mir zum Schutz. Der Täter ist nicht in meinem Blickfeld, aber ich rede ihn trotzdem an, wer immer er auch sein mag.

Bist du bei den Pfadfindern? frage ich und weiß nicht, wohin ich mich wenden soll.

Nein, ich werde bei euch in diesem Winter Geschichte unterrichten.

Und hoffentlich länger, sagt der Direktor, der an meiner Seite steht. Darf ich vorstellen.

Der Regenschirmtyp steht hinter mir, so daß ich eine halbe Kehrtwendung machen muß, um ihm die Hand geben zu können. Ich muß mich auch recken, um ihm ins Gesicht zu sehen, denn er ist nicht unter Einsfünfundneunzig.

Hochzeit oder Beerdigung? fragt er und lächelt mit makellosen Zähnen. Damit trifft er bei mir genau ins Schwarze, denn ich habe schon immer eine Schwäche für künstlerische Gestaltung aus dauerhaftem Material gehabt.

Hochzeit und Beerdigung, sage ich, und wir gehen Seite an Seite die Treppen zur Kirche hoch, auf dem Weg zur feierlichen Schuleröffnung. Steindór ist uns geduckt auf den Fersen.

Selten, daß man in diesem Sturmloch einen Regenschirm unter Kontrolle halten kann, denn man weiß ja nie, woher im nächsten Augenblick der Wind weht, sage ich. Im selben Moment landet das schwarze Teil in einer unvorhergesehenen Bö. Es schlägt um, und der Geschichtslehrer wird rot, als er versucht, das Ding irgendwie wieder in Form zu bekommen, ohne in dem Gewimmel Menschen zu verletzen.

Das kann jedem passieren, sage ich mütterlich, aber der Bursche ist verschreckt und zeigt seine Zähne nicht wieder.

In der Kirche sehe ich aus den Augenwinkeln, daß er bei *Empor du Islands junges Banner* mitsingt. Er hat wirklich etwas Pfadfinderhaftes oder Jugendbewegtes an sich. Äußerlich sieht er genauso aus wie ein Riesenteddy im Schaufenster.

(Enttäuschende Augen aus eisblauem Glas / eingebildet im Schaufenster. / Der teuerste Teddybär in der Stadt / mit ausgestopfter Selbstsicherheit. / Denkt: Die kann sich mich nicht leisten, die da. / Du würdest dich schon umschauen, wenn man plötzlich eine Erbschaft machen würde / oder die Freunde würden zusammenlegen.)

Mann mit nackten Schenkeln und Gitarre

Nach dem feierlichen Schulbeginn im Dom begleitet mich Steindór auf dem Weg nach Hause. Er will unbedingt mit zu mir kommen. Der Mann hat es immer noch nicht geschnallt. Hoffentlich tut er das bald. Sonst wird's langsam lästig.

Als er das letztemal da war, sagte ich, daß wir Schluß machen müßten. Es ist eine zu große Belastung für einen verheirateten Lateinlehrer und Vater von drei Kindern, mit seiner ledigen Kollegin in Englisch und Deutsch fremdzugehen. Das weiß Steindór, aber er scheint sich nicht beherrschen zu können. Mangel an Selbstdisziplin dürfte wohl zu den größten Übeln der Menschheit gehören.

Auf Hringbraut macht er wirklich Theater. Er scheint weder

aus noch ein zu wissen und zuckelt mir in die Quere wie ein Betrunkener. Um ihn zu beruhigen, versuche ich, über die Jahreszeit und das Wetter zu sprechen. Aber das hilft jetzt nichts, er wechselt die Farbe genausooft wie die Sonne zum Vorschein kommt und verschwindet, und er vergißt sogar bei den stürmischsten Schneeschauern, sich die Kapuze überzuziehen. Die Absätze meiner roten Stöckel hallen auf dem Trottoir, während Steindór und ich auf dem restlichen Weg zum Sörlaskjól schweigen.

Er hat mir im Sommer die Zeit nett vertrieben, im Juni und August. Den Juli über war ich im Ausland, in Paris und Rom. Er vermißte mich schrecklich. Und außerdem beneidet er mich darum wegzukommen.

Heute setzt er sich wie manchmal früher in den Plüschstuhl neben dem verschnörkelten Eisenbett meiner Eltern und klimpert auf der Gitarre. Eine Romanze. Mir ist nie zuvor aufgefallen, was für eine eigenartige Konfiguration ein Mann mit nackten Schenkeln und Gitarre ist.

Nach einer Romanze, unter Damast, versuche ich, dem Schwärmer Steindór Einarsson zuzureden.

A: Mein lieber Steindór, so kann es wohl nicht weitergehen. Jetzt heißt es sich zusammenreißen.

(Ihm schnürt es die Kehle zu, er setzt sich aber auf die Bettkante und zieht sich lieber an, als sich bei Alda auszuheulen.)

A: Lieber Steindór, es hat doch keinen Sinn, so weiterzumachen.

S: Ja, aber für mich gibt's nicht viel anderes, was so interessant wäre, als mit dir zusammen zu sein. Was soll ich denn machen?

A: Nichts. Ich werde dich doch nicht drei kleinen Kindern wegnehmen. Ich käme mir wie eine Mörderin vor. Und du weißt selbst, daß es nicht gut für dich ist, so weiterzumachen.

S: Das ist bloß alles so furchtbar für mich. Ich habe nicht das geringste Interesse an Lilla.

A: Ach, wer hat denn schon Interesse an seinem Ehepartner.

Laß uns Freunde sein, die Fleischeslust verjährt dann irgendwie.

S: Du sprichst wie ein Roboter, Alda.

A: Ich spreche wie ein Mensch, mein lieber Steindór. Menschen bleibt nichts anderes übrig, als realistisch zu sein.

* * *

Er ging gebeugt wie ein ganzes Volk in Bedrängnis von dannen. So groß ist seine Schwäche für mich. Das könnte noch ein paar längere Diskussionen zusätzlich bedeuten. Womit hat Alda das verdient?

* * *

Die Vögel im Garten zwitschern so wahnsinnig, daß ich das Fenster schließe. Im Frühjahr und im Herbst treiben sie es am schlimmsten. Vielleicht bereiten sie sich jetzt auf den Abflug vor, wenn es überhaupt Zugvögel sind. Wirklich zu blöd, daß man nicht einmal die simpelsten Vogelarten auseinanderhalten kann.

Ich tauche stinkfaul ins Schaumbad ein und höre die Siebte durch die offene Tür. Der Badezusatz duftet nach Moschus, und ich, mit dem Shampoobehälter im Nacken, befinde mich in fernöstlichen Gefilden und komme erst wieder zu mir, als meine Schwester Alma über mir steht und fragt, ob ich mich etwa ertränken will, oder was. So paßt sie auf mich auf, obwohl sie eine Etage tiefer wohnt.

Nach der Pediküre rauche ich im türkisblauen Bademantel Players im Generationenbett, lese mit etwas weitsichtigen Augen Hölderlin. Es ist nur noch eine Schachtel übrig seit der Rom- und Parisreise, mit Zwischenstop in London.

London ist immer noch meine Traumstadt. Die erste ausländische Stadt für mich, die Stadt meiner Studienjahre. Die Stadt, durch deren Straßen ich mit dem Mann ging, den ich in meiner Naivität zu lieben glaubte. Aber was hat das schon ausgemacht? Geiri war ein lieber Junge, und ein kleiner Irrweg der eigenen Gefühle ist doch ganz harmlos, wenn man wie ich in der glücklichen Lage ist, die Dinge richtig im Griff zu haben.

* * *

Alma ist wieder da und mit ihr Sigga, also mache ich mich daran, Kakao zu kochen und Sahne zu schlagen. Sigga brennt vor Lerneifer, sie beginnt in der zweiten Klasse des Gymnasiums*. Ich soll Deutsch bei ihr unterrichten. Wir sprechen über den bevorstehenden Winter und deutsche Verben und machen uns wieder einmal Gedanken darüber, was Sigga werden soll, wenn sie groß ist. Bloß nicht Lehrerin wie ich, sage ich. Bloß nicht aufs Büro wie ich, sagt Alma. Sigga schaut uns an und lächelt tiefsinnig.

Es ist völlig sinnlos, über die Zukunft zu spekulieren, sagt Sigga. Die bricht einfach über einen herein.

Nicht, wenn du so lebst wie Alda und ich, sagt ihre Mutter. Über uns ist nie etwas hereingebrochen.

Nein, sage ich. Alles ging reibungslos.

Es ist auch wirklich ein Unterschied, niemals finanzielle Sorgen zu haben, sagt Alma. Alles von Papa und Mama präsentiert zu bekommen.

Aber nicht nur das, sage ich. Wir sind auch nie ausgeflippt.

Sigga lächelt wieder, diesmal wie jemand, der es besser weiß. Was denkt das Kind eigentlich?

Wir hören eine Romanze, die gleiche, die Steindór kurz vorher auf der Gitarre gespielt hat. Und wir starren zu dritt auf das Meer hinaus.

War Steindór hier? fragt Alma.

Ja, sage ich. Hoffentlich zum letztenmal.

* Im isländischen Schulsystem beginnt das Gymnasium erst mit dem 10. bzw. 11. Schuljahr.

Warum, sagt Sigga.

Dreimal darfst du raten, sage ich.

Mutter und Tochter lachen vielstimmig und wischen sich synchron den Sahnebart ab. Ich frage, ob sie nicht langsam genug von diesen Männergeschichten haben.

Das kratzt uns überhaupt nicht, sagt Schwester Alma.

Nur, daß man natürlich unten ziemlich viel hört, sagt Sigga.

Freistunde im Oktober

Die 6b hat so lange gequengelt, bis ich ihnen frei gab. Zum erstenmal in meiner zwölfjährigen Lehrerlaufbahn gebe ich im Herbst eine Freistunde. Das Wetter ist danach. Die niedrigstehende Sonne scheint barmherzig auf das Regenbogenlaub der Erde, und außerdem habe ich Geburtstag. Siebenunddreißig, man schämt sich, es zuzugeben. Ob die Knaben in der 6b wohl das richtige Alter der Lehrerin wissen, die sie alle heimlich um die Wette begehren.

Für mich ist es immer ein Trost (selbst wenn ich nicht unbedingt jedesmal niedergedrückt bin), auf dem Alten Friedhof spazierenzugehen. Hier habe ich nämlich das sagenhafte Glück, jederzeit einen gesicherten Platz zu haben, wann immer es mir einfallen sollte, in Frieden bei Alda Einarsdóttir Ívarsen und Obermedizinalrat Oddur Ívarsen und Alda Oddsdóttir Ívarsen zu ruhen, die tot geboren wurde, kaum ein Jahr bevor ich gesund und lebendig zur Welt kam. Mein Name existierte also schon auf einem kleinen Grabstein des Familiengrabs, bevor ich geboren wurde. Ich bin damit aufgewachsen, ihn zu betrachten, erstaunt und froh, daß nicht ich dort war, sondern nur mein Name.

Mein Gott, wieviel angenehmer wird es für mich, das Zeitliche zu segnen als für das Gros der Isländer. Mir ist ein Platz vorherbestimmt, aber die anderen, die Ärmsten, schweben völlig im ungewissen darüber, wo sie verscharrt werden. Da unten beim Kiosk in der Fossvogsbucht oder über der ehemaligen Mülldeponie. Ist das vielleicht eine Art, Leute auf einer ehemaligen Abfallhalde zu beerdigen? Erwartet man wirklich, daß die Leute da in Frieden ruhen mit Eisschranktüren, Brettern, Nähmaschinen und Stuhlbeinen in unmittelbarer Nachbarschaft; reicht nicht das, was die Leute sowieso schon ans Leben kettet, können sie auch noch nach dem Tod keinen Frieden vor vergänglichem Kram bekommen? Haben sie sich denn wirklich nicht zu Lebzeiten schon genug mit Gummi- und Wäschebändern herumärgern müssen? Oder die armen Toten da unten in Fossvogur, einige ganz nahe an Öskjuhlíd*, die es zwischen all den großen Tannen nach einem Sonnenbad gelüstet, oder sie liegen zu nahe am Kiosk und hätten gern einen saftigen Hot dog. Nein, natürlich gibt es nur einen Friedhof, den Alten, wo man schon vor langer Zeit begonnen hat, uns hinzupflanzen, und wo die Steine das ganze Jahr über blühen. Von hier aus ist es nicht weit ins Kino oder Theater und zu den Bars, und überhaupt spazieren nur im Alten die nettesten Leute und denken freundlich an uns, die wir den Blicken entschwunden sein werden.

Niemand kann sich die Sicherheit vorstellen, die damit verbunden ist, einen reservierten Platz unter dem grünen Rasen zu haben. Ein unvorbereiteter Abgang aufs Geratewohl wäre nicht nach meinem Geschmack. Einem Menschen wie mir ist es ein vordringliches Bedürfnis, genau zu wissen, wo die Reise enden soll.

Mitten auf dem Friedhof sitzt eine schwangere Frau auf einem Grab. Der Mann an ihrer Seite hält ihr Blätterteiggebäck in einer

* Der Hügel Öskjuhlíd liegt oberhalb des Friedhofs von Fossvogur; dort befindet sich ein kleines Erholungsgebiet mit angepflanztem Wald.

braunen Tüte hin. So verbirgt sich manches im Biotop des Friedhofs, wenn man nur hinschaut. Diese zwei in ihrer schlecht sitzenden Kleidung stammen aus gewöhnlichen Verhältnissen. Beide haben Engelhaar, dünn und lockig. Und sie strahlen irgendetwas aus, das ich nicht kenne, worüber ich aber in manch unterschiedlich dickem Buch gelesen habe. Mir kommt etwas in den Sinn, was ich natürlich immer schon gewußt habe: Es gibt so viel, was mir nicht zur Wahl steht. Zum Beispiel bestimmt nicht, eine schwangere Frau aus dem Volke zu sein und auf dem Friedhof mit dem Ehegespons Blätterteiggebäck zu essen.

Auf einem Grab mit einem kleinen Engel sehe ich meinen Geburtstag. Den 18. Oktober. An diesem Tag vor fünfundvierzig Jahren starb das Mädchen Thórunn Jónsdóttir im Alter von sieben Jahren. Es wird manchmal gesagt, daß man sich an alles gewöhnt, aber das stimmt nicht. Isländer in früheren Zeiten trauerten genauso um das fünfte Kind wie um das erste. Von elf Kindern dieser Eheleute starben neun im Kindesalter. Eine Geschichte aus der heutigen Zeit. Kindersterblichkeit ist nirgendwo niedriger auf der Welt als in Island. Eine andere Geschichte aus der heutigen Zeit. Aber gleichgültig, ob die rasanten Veränderungen eine Verbesserung bedeuten, die arme Nation hat sie nicht verkraftet. Sie ist völlig desorientiert wie eine Touristenhorde mit Jetlag. Mich rettet die Tatsache, daß ich Aristokratin in der dritten Generation bin. Wäre ich das nicht, hätte ich mein Haus mit Gefriertruhen vollgestopft und niemals italienischen Boden betreten.

Die achtzehnte Oktobersonne scheint mir hell und hoch am Mittagshimmel. Ich ziehe den Mantel aus, habe nur einen kurzärmeligen Pulli an und lasse mich auf dem Grab des Kindes Thórunn Jónsdóttir nieder. Ich reche das Regenbogenlaub mit meinen Mokassins zusammen und gestatte mir den Luxus, mich daraufzulegen und den Pullover am Hals etwas aufzuknöpfen. Dabei blitzt der Diamant im Ehering auf, von dem meine Mutter unbedingt wollte, daß ich ihn erbe. Besser, du trägst diesen Ring als gar keinen, sagte sie, völlig überzeugt, daß ich niemanden wollte und niemals heiraten würde.

Stille und Frieden in der Welt der Grabsteine überkommen mich. Mit Laub an der Wange schlummere ich ein. Schrecke dann auf durch irgendein Rascheln, aber ich sehe niemanden. Hoffentlich findet mich hier kein Spaziergänger in horizontaler Lage auf einem Grab, so wie damals im Frühjahr, vor dem Abitur, als Jonni mich und Nonni auf diesem Friedhof dabei ertappte, wie wir uns küßten.

Ansonsten war ich während der Zeit im Gymnasium hier auf dem Friedhof meistens allein unterwegs. Allein auf dem Nachhauseweg vom Schulball, in Wollsocken, Galoschen und im Chiffonkleid unter dem Tweedmantel, den Mama mir in London gekauft hatte. Und der verharschte Schnee auf den Gräbern knirschte. Ich erinnere mich nicht oder verstehe nicht, warum ich meistens allein war. Denn ich war nett, hübsch, intelligent, und immer tipptopp angezogen. Und aus bester Familie. Aber so etwas kann natürlich Leute aus einfachen Verhältnissen abschrecken.

Kaum habe ich mich wieder erhoben, habe den Pulli zugeknöpft und mir den Burberry mit dem Futter nach außen über die nackten Arme geworfen, als der blauäugige Kollege von der Eröffnungsfeier im Friedhofstor erscheint. Er bleibt stehen, und ich gehe ruhig auf ihn zu. Heute erinnert er weder an einen Jungpfadfinder noch an einen Teddybär. Der Mann ist eine mehr als blendende Erscheinung, breite Schultern in einem pechschwarzen Pullover.

Was machst du denn hier? frage ich und kneife die Augen zusammen, damit das Licht seiner himmlischen Augen mir nicht den Schädel zersprengt.

Dasselbe wie du, sagt er.

Nur mit dem Unterschied, daß du nicht weißt, wo du die

Jahrhunderte verbringen wirst. Du kannst hier auf dem Friedhof nicht dein Grundstück besichtigen wie ich; ich habe reserviert und bin auf dem grünen Zweig.

Sehr richtig, eine besondere Grabstätte für eine Frau aus so vornehmer Familie. Ich habe immer darunter gelitten, daß ich meine Familie nur bis auf den nächsten Acker zurückverfolgen kann. In einer Cliquengesellschaft wie in Island ist es wirklich verhängnisvoll, aus einfachen Verhältnissen zu stammen. Glaubst du etwa, daß ich Gymnasiallehrer wäre, wenn ich aus einer angesehenen Familie käme?

Na, mich hat's auch nicht davor bewahrt, sage ich. Aber du kompensierst den mangelnden Stammbaum durch Stattlichkeit, und deswegen könntest du von Einar Benediktsson* oder Egill Skallagrímsson** abstammen oder sonstigen Persönlichkeiten. Sogar dein Name signalisiert eine derartige Verwandtschaft.

Mein Geschichtskollege errötete und sagte, am besten sei es wohl, wenn sowohl Aussehen als auch Stammbaum stimmten. Er fügte hinzu, daß ich es gut hätte, im Falle eines Falles jederzeit einen sicheren Platz zu haben.

Zwei Geburtstagstorten im Lehrerzimmer

Jemand ist meinem Geburtstag auf die Spur gekommen. Zwei dekorierte Sahnetorten thronen auf dem Kaffeetisch, als ich apfelbäckig im kurzärmeligen Pulli hereinkomme. Mathematik-

* Sowohl Egill Skallagrímsson (Held der gleichnamigen Saga) als auch

** der Dichter Einar Benediktsson (1864–1940) waren besonders große und stattliche Persönlichkeiten.

lehrer Númi schneidet das erste Stück für das Geburtstagskind nach trigonometrischen Gesetzen. Liebhaber Steindór verfolgt es zerknautscht mit.

Ihr habt ja keine Kerzen, sage ich.

Soviel Platz ist nicht auf der Torte, sagt Steindór. Er versucht, seinen inneren Schweinehund auf mich loszulassen, um sich gegen mich zu wehren, und dann kommt so etwas dabei heraus. Die Lehrer schauen einander an, enthalten sich aber des Grinsens.

Die eine Torte ist alle, als der aufgeblasene Geschichtslehrer frisch vom Friedhof sein Entrée macht. Auf dem Rückweg ist er bestimmt auf der Toilette gewesen, denn seine Haare sind auffällig mit Wasser in Form gebracht. Wangen und Lippen sind flammendrot, als ob er heftig geküßt worden wäre. Die Augen ultrablau, und der Mann trägt einen pechschwarzen Pullover. Die Farbzusammensetzung ist einigermaßen umwerfend.

Gibt's was zu feiern? fragt der Große optimistisch und zuversichtlich. Númi sagt ihm, daß Alda Geburtstag hat. Der Große schüttelt mir formell die Hand. Ich nutze die Situation und knickse nach allen Regeln der Kindheit, kriege eine Lähmung im linken Knie im selben Moment, wo ich mir mit dem rechten Fuß ein Bein stelle. Spontanes Gelächter. Nun ist die Stimmung locker, und die bestmöglichen Gesichter werden aufgesetzt. Steindór ist aber nicht belustigt.

Der Friedhofsmensch holt sich ein Stück Torte und ißt vorbildlich, wie ein braver Zehnjähriger im Matrosenanzug auf einem Kindergeburtstag. Keiner fragt nach Aldas Alter. Als ob siebenunddreißig Jahre der reinste Mord sind. Für ein unverheiratetes Mädchen, das noch zu haben ist.

Ich nehme mir noch ein Stück Torte, obwohl ich pappsatt bin, und esse, um dem schwarzen Pullover Gesellschaft zu leisten. Er sitzt mir direkt gegenüber und wischt sich resolut den Mund mit einer blauen Serviette ab, die farblich mit den Augen korrespondiert. Jetzt erinnert er an Jón Sigurdsson auf einem Schokolade-Kränzchen. Gute Isländer wie er und Pu der Bär können es nicht auf sich sitzen lassen, auch nur einen Augenblick länger als nötig mit Sahneschaum auf der Lippe gesehen zu werden. Klammheimlich schaue ich ihm für einen Moment in die Augen. Der Doppelgänger des Nationalhelden nimmt das mannhaft hin und läßt sich mit seiner Serviette nicht aus der Fassung bringen, sondern schwenkt sie großspurig, als ob er das eine oder andere in Sachen Blickkontakte gewohnt ist.

Steindór setzt sich neben mich und gibt sich witzig, aber der Mann ist kreidebleich mit Schweißperlen. Er hat hoffentlich keine Lebensmittelvergiftung. Der schwarze Pullover steht auf und lächelt entschuldigend. Ich muß dich treffen, flüstert Steindór desperat.

Dann triff mich doch.

Wo.

Ach, komm einfach nach Haus. Aber eigentlich habe ich Geburtstag.

Gott ist mein Zeuge, daß ich keine Lust habe, mit Steindór Einarsson über unsere sogenannten Angelegenheiten zu sprechen, Steindór, der Latte genannt wird. Abkürzung von Lateinlehrer. Wird dekliniert wie Ratte.

Ja, Gott ist mein Zeuge, ich will ihn mir auf keinen Fall aufhalsen. Auf meine Weise bin ich pflichtbewußt und bemitleide andere Menschen, nicht zuletzt meine Liebhaber. Meiner Ansicht nach ist es das mindeste, was ich tun kann, zur Stelle zu sein. Um zuzuhören. Hie und da ein Wort einzuschmuggeln, obwohl es das letzte ist, wozu ich Lust habe. In bezug auf mich und Latte gibt es nichts zu sagen. Er ist ein erwachsener Mensch und muß ganz einfach genau wie andere mit dem fertigwerden, was über ihn hereinbricht. Ganz abgesehen davon, daß das, was jetzt über ihn kommt, von Anfang an vorprogrammiert war.

Isländischlehrer Erpir trägt aus dem Stegreif eine Geburtstagsstrophe mit Binnenreim für mich vor, auf die ich mir keinen Reim machen kann, außer daß er Alda, die alte, auf kalte reimen läßt. Da lächelte Latte mit festgefrorenen Lippen das siegesgewisse Lächeln eines Masochisten. Mir wird schlecht bei dem Gedanken, daß er zu einer endgültigen Aussprache zu mir nach Hause kommt. Eine deprimierende Aufgabe, sich seine Liebhaber tröstend an den Busen zu legen.

DAS FEST AUF DEM BALKON

Meine Schwester Alma kann sich nichts Schlimmeres als Backen vorstellen. Sie versteht zudem nichts von solchen Verrichtungen. Zum Geburtstag von ihrer Alda muß sie aber immer eine richtige Sachertorte hervorzaubern und demonstriert damit den Gipfel von Familiensinn und schwesterlicher Liebe. Elf Eier und zwei Sorten Creme. Dauert einen halben Tag. Und kaum zu glauben, sie hat um vier Uhr im Windschatten auf dem Balkon den Tisch gedeckt, die Schokolade steht dampfend auf dem Feuer, und Sigga setzt sich mit Madame Bovary an den Tisch, falls Alma und ich entsprechende Themen anschlagen sollten.

Ich besinne mich in letzter Sekunde, bevor die Geburtstagsfeier beginnt, und hole Cognac und drei böhmische Kristallgläser. Es muß gefeiert werden, daß wir an meinem Geburtstag draußen sitzen können und Kaffee trinken. Alma sagt, daß das Wetter super ist. Zwölf Grad im Schatten, an einem 18. Oktober.

Dann erinnere ich mich, daß vielleicht Steindór angestürzt kommen wird, um die Party zu stören und mir etwas vorzujammern. Ich sehe mich gezwungen, es zu erwähnen. Alma macht mir Vorwürfe wegen lockeren Lebenswandels und will, daß ich mich bessere, bevor es ein böses Ende nimmt. Darüber kann ich nur lachen. Sie sagt, daß ich heiraten sollte.

Du zuerst, sage ich.

Das finden Mutter und Tochter komisch. Die Wahrheit ist die, daß meine Schwester mit keinem männlichen Wesen in Berührung gekommen ist, seit Sigga geboren wurde, geschweige denn, daß es ihr eingefallen wäre, sich zu binden. Recht komisch, von seiner Schwester das zu verlangen, was man selber meidet.

Sigga war natürlich ein Unfall. Und für Alma kam es niemals in Frage, sich ernsthaft mit Lási einzulassen. Was für ein Glück, daß unsere Eltern schon tot waren, als das passierte. Besonders Mama.

Merkwürdig, daß Alma niemals so richtig Spaß an Jungs gehabt hat. Am ehesten war das noch der Fall, als sie ein Teenager war, bevor sie mit ihnen schlafen mußte. Alma findet es bestimmt nicht unangenehm, Umgang mit Männern zu haben, aber sie will Geselligkeit nicht mit körperlichen Verpflichtungen bezahlen. Wer sagt denn, daß Alma mit ihrem Desinteresse allein dasteht? Man darf so etwas bloß nicht zugeben. Niemals aufgeben.

Es wäre netter für dich, mit jemandem zusammenzuwohnen, sagt Alma hartnäckig beim zweiten Cognac.

Dann beginnt das Gespräch, das wir so oft schon geführt haben; daß sie doch diese diversen Typen kenne, auf die mein Bett magische Anziehungskraft ausübe; und ob sie wiederum glaube, daß ich mich mit irgendeinem von dieser Sorte besser stünde als allein in meiner Wohnung, mit ihnen beiden unter mir. Und Alma gibt wie immer zu, daß es vielleicht nicht die richtigen gewesen sind, außer zwei oder dreien, wobei es aber der böse Zufall wollte, daß ich weder mit dem einen noch mit dem anderen zusammen sein wollte. Die Wahrheit ist, daß sie es nicht mit mir aufnehmen konnten, diese Männer.

Dennoch kommt mir im milden Herbstwetter mit der Aprikosencreme der Sachertorte im Mund die Erinnerung, daß es gewiß auch vieles einfacher macht, mit jemand anderem als nur mit sich selbst zusammenzuleben. Es war irgendwie süß, mit Geiri aufzuwachen und mit Geiri diese zwei Jahre einzuschlafen, eins in London und das zweite nach dem Studium zu Hause. Aber leider erinnere ich mich auch, was für eine Erleichterung es war, Schluß zu machen, wieviel besser man allein in seinem Bett schläft und wie froh man war, seinen Körper in Frieden für sich zu haben.

Natürlich habe ich sozusagen nur dieses eine Leben zur Verfügung, nicht anders als andere, und natürlich ist es etwas armselig, immer nur an sich selbst zu denken und nicht an jemand anderen, aber ich kann auch nicht irgendeinen unter meine Fittiche nehmen, nur um nicht allein zu sein. Trotzdem habe ich das Gefühl, als ob viele genau das tun.

Es wäre natürlich besser, ein Kind zu haben als keins. Wer ein Kind hat, ist nicht allein. Aber es kommt für mich nicht in Frage, daß es vaterlos ist. Selbst wenn mir Sigga, bei der alles nach Wunsch geht, als lebendiges Beispiel vor Augen steht. Vielleicht ist das System gar nicht so dumm, zwei Schwestern als Eltern zu haben. Ich könnte natürlich dasselbe Spiel spielen. Aber das will ich nicht. Mein Kind sollte aus der Liebe zu einem Mann entstehen, der bei mir und dem Kind wäre. Man muß die Dinge nur richtig angehen. Nun denn. Es besteht keinerlei Aussicht, daß diese Methodenfrage mir in allernächster Zeit irgendwie zu schaffen machen wird, und selbstverständlich bin ich der glücklichste Mensch der Welt, Herr und Frau meiner selbst zu sein. Es ist der reinste Luxus, daß man von seiner Wohnung aus über die Aussicht auf die Berge verfügen und seine Liebhaber zur Tür herein- und hinauswinken kann, genau wie ein Verkehrspolizist.

Ende des Festes

Mein siebenunddreißigster Geburtstag endet damit, daß Lateinlehrer Steindór Einarsson in die Reste der Sachertorte seibert, halb besinnungslos vom Cognac, seinem eigenen und meinem, und ich werde meine Mühe damit haben, den Mann nach Hause zu Frau und den drei Kindern zu schaffen. Ich muß die Schule wechseln, wenn der verdammte Kerl nicht einsichtig wird. Zum Glück sind Happenings dieser Art in meiner Laufbahn selten gewesen. Warum stellt sich der Mann so an?

Zu allem Überfluß wird man dann noch unverhofft mit Bruchstücken aus Gedichten von Catull, Horaz und Ovid in der Originalsprache traktiert, unzusammenhängend gelallt. Ich verstehe nur una nox dormienda. Im Anschluß an una nox will er sich unbedingt sterbend mit den Sternen vereinigen, und ich bin so gemein zu sagen, stell dich nicht so an.

Mitten in der Nacht bugsiere ich Steindór auf die Straße. Er weigert sich kategorisch, ein Taxi zu nehmen, will zu Fuß nach Hause gehen. Meiner Meinung nach ist es eine hirnverbrannte Idee, aber ich weiß, er schafft es schon. Vorsichtshalber gebe ich ihm Geld für den Fall, daß er unterwegs auf ein passendes Taxi stößt. Latte ist immer blank, wie es sich für einen Lateinlehrer gehört, und überhaupt ist es wohl nur recht und billig, wenn ich für das aufkomme, was hoffentlich sein letzter Heimweg von mir gewesen ist.

Ich höre etwas Wehmütiges von Chopin, kann es aber nicht richtig genießen, denn mir ist irgendwie schlecht nach all den Torten in der Schule und zu Hause. Ein Lichtstrahl von der Straße deutet auf mich zwischen den Gardinen. Ehrlich gesagt, verlangt es mich nicht danach, morgen früh in den bevorstehenden Winter hinein aufzuwachen. Es wäre keine schlechte Zeit, um ein für allemal einzuschlafen. Ich habe viele schöne Stunden verlebt, aber jetzt reicht es langsam. Ich habe so viel erlebt. Verdammt noch mal, genug. Allerdings gibt es da etwas, was ich verpaßt habe, und das ist die Liebe zwischen Frau und Mann. Aber jetzt ist es reichlich spät für mich und wahrscheinlich nicht mehr möglich. In mir steckt wohl zuviel Trotz. Oder ich habe vielleicht einfach nicht den einzig Wahren getroffen. Was für ein verdammter Blödsinn.

Steindór am Strand

Dies scheint der schlimmste Tag meines Lebens werden zu wollen. Steindór Einarsson wurde im Morgengrauen des 19. Oktober tot am Strand gefunden, am Tag nach meinem Geburtstag. Mitten auf dem Weg zwischen Skerjafjördur, wo er wohnt, und Sörlaskjól, wo ich wohne. (Es wäre mir in der Tat wirklich lieb gewesen, heute morgen nicht aufzuwachen.) Seine Kinder sind zwei, sieben und neun Jahre alt. Es ist mir also doch gelungen, sie vaterlos zu machen, trotz meiner guten Vorsätze.

Schwierig zu sagen, wie ich diesen Freitag in der Schule durchstehe. Der Geschichtslehrer in seinem schwarzen Pullover schickt einen ernsten Blick zu mir herüber, mit der tiefsinnigen Frage: Hattest du etwas mit dem Tod dieses Mannes zu tun? Aber das wird er nie zu wissen bekommen.

Im übrigen berührt mich das, was andere denken, am wenigsten. Jetzt geht es um das eigene Interesse und Wohlbefinden. Bloß keine Selbstanklage wie bei den Angehörigen derer, die sich das Leben nehmen. Denn meine Schuld war es nicht.

Jetzt wünschte ich, daß ich wütend auf Steindór sein könnte, weil er es getan hätte, um sich an mir zu RÄCHEN. Leider weiß ich, daß dem nicht so war. Es war das Meer, das ihn in pechschwarzer Nacht aufgesogen hat. Er hat nicht einmal an mich gedacht, er hat überhaupt nichts gedacht. Ging einfach weiter mit dem Wind im Rücken, bis ihn die Wellen nahmen.

Ich gehe bitte schön sofort zu Bett, als ich nach Hause komme. Zwei Flaschen Wodka auf dem Nachttisch, ein großer Wasserkrug und ein Glas. Hier bleibe ich das Wochenende. Schwester Alma sitzt ab und zu bei mir auf der Bettkante und gibt mir etwas zu essen. Ansonsten lese ich Patricia Highsmith. Bin gezwungen, das Buch von mir zu legen, wenn ich ungewöhnlich doppelt sehe. Am Montag ist die Sache ausgestanden.

Montagmorgen

Am Montagmorgen bin ich ziemlich geschwollen im Gesicht und an den Händen. Mama Aldas Diamantring schneidet in den Ringfinger ein. Die Augen etwas kleiner als normal und leicht schräg, aber das gibt Alda mongolischen Charme. Sie ist überaus gut zurechtgemacht, jedes einzelne Haar aufgesteckt an seinem Platz, im roten Strickkleid, das die vollkommene Skulptur des Körpers nicht verhüllt. Nicht vergessen, sich an seine eigenen Qualitäten zu erinnern, äußerliche wie innerliche.

Die Deutschstunde bei den Jungs in der 6b läuft besser als erwartet. Ich hüte heute meine Zunge. Bloß keine Scherze, wo der Lateinlehrer gerade erst ins Meer gegangen ist. Wir lesen Rilkes Herbsttag: Wer jetzt kein Haus hat, baut sich keines mehr, Wer jetzt allein ist, wird es lange bleiben. Und ich erkläre Mitte des

Lebens, Herbst des Lebens. Erwähne so nebenbei, daß in Dantes Göttlicher Komödie die Hölle ebenfalls mit den Worten beginnt: Inmitten auf der Fahrt durch unser Leben.

Ich lasse den Klassenpoeten das Gedicht von Rilke lesen. Makellos, mit warmer und weicher Stimme. Er schaut milden Blicks auf und fragt mit den Augen, ob es mir nicht dreckig geht. Ich lächle. Er versteht, daß es schlimmer sein könnte, und lächelt zurück. Er weiß, daß ich nichts dazu konnte. Nicht direkt.

Ich überziehe etwas in die Pause hinein. Dann beschäftige ich mich für den Rest der Pause mit Schminkarbeiten auf der Toilette, denn ich habe keine Lust, dem Lehrerkonsortium beim Kaffee gegenüberzutreten, und ich habe auch keine Lust, in dieser einen Stunde, die ich auf die Englischstunde in der 6a warten muß, aus dem Haus zu gehen. Ich besprenkle mich mit Nina Riccis gutem L'air du temps, frische das Make-up auf und pinsele die Lippen mit Akribie. Ich sehe aus wie aus dem Modejournal ausgeschnitten.

Im Lehrerzimmer ist niemand außer dem jungen Geschichtslehrer, heute in einem hellblauen Pullover, und dem Isländischlehrer Vigfús, der schwerhörig in der Ecke hockt. Der hellblaue Pullover schaut auf und fährt zusammen, als er die berüchtigte Witwe in so glänzender Aufmachung erblickt. Bei näherem Hinsehen merkt er natürlich, daß die Augen ziemlich klein sind. Das wird er in seiner Unschuld als Tränenschwellung und nicht als Wodkaschwellung auslegen.

Jetzt ist es mir unbegreiflich, was ich an diesem Knaben am Friedhofstor gefunden habe. Meinem realistischen Blick wird klar, daß es sich um einen ganz alltäglichen Mann handelt, der das gesonderte Interesse von Alda Ívarsen nicht verdient. Er hat sogar vergessen, sich heute morgen die Haare zu waschen, sie sind leicht vom Schlaf verklebt. Außerdem redet er zuviel, denn er hat eine unmögliche Aussprache (sagt nich statt nicht, Tach statt Tag). Die Stimme ist spröde und ungewandt. Dieser Mann mit seinem feuereifrigen Interesse fürs Mittelalter ist eine eher enervierende Gestalt, wie man ihn auch betrachtet. Dagegen gibt es nur einen Rat: ebenfalls enervieren.

Ich lasse mich unverschämterweise neben ihm ins Sofa fallen, und er geniert sich wie beabsichtigt, als sich das Sofa unter uns hebt und senkt. Ich weiß mit ziemlicher Sicherheit, daß ihm vordringlich diverse Fragen über das sogenannte Verhältnis zwischen S. Einarsson und mir im Kopf herumgehen. Aber selbstverständlich kann er sie nicht vorbringen, also frage ich statt dessen, ob er nicht ein angenehmes Wochenende verbracht hat.

Doch, sagt er ausweichend und will kein Wort darüber verlieren, daß der unzeitgemäße Tod eines Kollegen ihm schwer zu schaffen gemacht hat. Ich weiß genau, wie du bist. Ein Todesfall, der dich weiter nichts angeht, kann dir ein ganzes Wochenende verderben, aber deiner Augen wegen hege ich den Verdacht, daß du ein Eisblock bist. So wahr ich hier sitze, sage ich dir: Es ist typisch für sentimentale Menschen, dauernd wegen etwas zu jammern, was sie nichts angeht. Aber wenn sie auf ihren Allernächsten herumtrampeln und sie unter den Füßen zermalmen, dann merken sie es nicht. Deine Frau möchte ich nicht sein. Es sei denn, sie hätte das Glück, völlig blind zu sein.

Doch, sagt er wie gesagt ausweichend. Und du?

Ich hab Patricia Highsmith gelesen. Im Bett.

Wen?

Du willst doch nicht etwa sagen, daß du sie nicht kennst, sage ich baß erstaunt.

Ich interessiere mich nur für Mittelalterliches, weißt du.

Ja, natürlich interessierst du dich nur für Mittelalterliche, verspreche ich mich, weil ich ziemlich sicher sein kann, daß der Mittelalterforscher die Anspielung nicht merkt.

Und ich scherze mit diesem überdimensionalen Gymnasiallehrer, frage ihn, wie und wo er wohnt, was seine Frau macht und wie viele Kinder er hat. Ganz genau wissend, daß er keine hat. Bösartigerweise füge ich hinzu, daß es besser ist, sich fortzupflanzen, solange man jung ist, alte und müde Eltern sind eine leidige Einrichtung. Seine Antwort darauf verstehe ich so, daß er und seine Frau sich nicht unbedingt auf dieses Geschäft einlassen wollen. You had a father, let your son say so, zitiere ich noch bösartigeren Sinnes aus den Perlen der Weltliteratur. Das hat den richtigen Effekt, er schaut völlig blöde drein, worauf will die Frau hinaus, aber er hat sich unglaublich schnell wieder gefaßt: Was soll denn diese Propaganda, du hast doch selbst nicht mal ein Kind, oder? Nein, das habe ich wegmachen lassen, bevor es ein Kind wurde, sage ich, und dann hat das glatte Gesicht genug, steht ärgerlich auf und geht zum Telefon. Spricht wahrscheinlich mit seiner Frau. Die Ärmste.

Die Beerdigung

Mir Ärmsten bleibt wohl nichts anderes übrig als zur Beerdigung von Steindór zu gehen. Meine Abwesenheit würde Gerede und Aufmerksamkeit erregen. Und einen Halskatarrh könnte ich auch nicht vorschützen, denn mir fehlt nie etwas.

Ich sitze ganz hinten in der Ecke, um auf gar keinen Fall irgend etwas von dem, was vor sich geht, mitzubekommen. Keine weinende Witwe. Oder vaterlose Kinder. Zum Glück kenne ich niemand in den Nachbarbänken. Allerdings sitzt der Geschichtslehrer in der anderen Ecke ganz hinten und weint. Daß er sich nicht schämt. Hat Steindór kaum gekannt. Ich hatte also recht mit der Sentimentalität. Neugierig ist er außerdem noch.

Zweimal ertappe ich ihn dabei, wie er mir tränennasse Blicke zuwirft, um zu sehen, wie ich mich halte.

Aber er wird keineswegs Zeuge irgendeines Tränenstroms. Mir macht es nichts aus, dieser Beerdigung beizuwohnen, die ich unbeabsichtigterweise in Gang gesetzt habe. Die Absurdität solcher Zeremonien überschattet die Hauptsache: Ein Mann im besten Alter läßt sich von Frau und Kindern verschwinden. Das Gewäsch des Priesters ist so kindisch, daß man sich in acht nehmen muß, nicht zu kichern. Ich könnte auch die Wut kriegen, denn Steindór war ein ehrenwerter Mensch und hätte eine bessere Leichenrede verdient gehabt als irgendwelche Klischees über den Tod, den profitablen. Warum sagt der Typ nicht einfach die Wahrheit: Der Tod von Steindór war ein unbegreiflicher Zufall, ein unverzeihlicher Skandal.

Gott bewahre mich davor zu sterben, wenn der Preis dafür eine derartige Tirade zum Abschluß der irdischen Reise bedeutet. Es sei denn, das Ganze sei raffiniert ausgeklügelt, damit die Trauernden auf gar keinen Fall dazu kommen, gramgebeugt in der Kirche zu sitzen, sondern nur verletzt und verärgert ob all diesem Blödsinn, den sie sich anhören müssen.

Herbstfarben mit Egill

Jedes Jahr fahren Egill und ich früh im Herbst in die Schluchten von Thingvellir. Diesmal hat sich dieser Ausflug bis Ende Oktober hinausgezögert. Trotzdem ist es so warm, daß ich Bermudas tragen kann, die ich aus Jux mitgenommen habe. Jeden Herbst waten Egill und ich bis an die Knie durch die Vegetation der Unterwelt, frischen auf, fügen hinzu. Jeden Herbst fahren Egill und ich wieder über Mosfellsheidi zurück, wie Touristen von einem anderen Planeten, und sind wie neugeboren.

> Aquarium voller Luft. Pferdeschlucht.*
> Wandern ist Schwimmen.
> In Pflanzen auf dem Grund der Erde.

* * *

Meinen Egill kenne ich seit der Schulzeit. Wer hätte damals gedacht, daß das Schulgenie als Redakteur bei der Verbandszeitschrift für Seeleute enden würde. In einer Junggesellenwohnung im Melar-Viertel, nichts Überflüssiges darin. Kein Kerzenständer, keine Blumenvase. Statt dessen sechshundert Schallplatten und Bücher vom Boden bis zur Decke, sogar über dem Bad und in der Küche. Ich weiß nicht, was mit Egill los ist. Er interessiert sich genauso für Mädchen wie andere auch, nur will er sich nicht binden. Vielleicht ist er ein verschlossener Einzelgänger, der sich nicht binden kann. Ich wollte, ich wäre in Egill verliebt, aber das bin ich einfach nicht. Bloß in sein Aussehen. Sieht aus wie ein Glückstroll, stämmig und rothaarig, mit robuster Haut. Die Augen grün wie Aldas Augen. Ja, vermutlich wäre er wohl auch gern in mich verliebt. Wir wären das putzmuntere belesene Paar von gleichem Schrot und Korn und im gleichen Alter. Es fehlte nun eigentlich nichts außer der Liebe. Aber die kommt wohl nicht auf Bestellung.

* * *

Nach einer Stunde Spaziergang durch die Bodenvegetation, nach einer halben Stunde Schlummern in der Herbstsonne ist

*Pferdeschlucht (= Hestagjá) ist eine der riesigen tektonischen Spalten auf Thingvellir; in früheren Zeiten wurden während der Thingversammlung dort die Pferde gehalten.

nie etwas vorgefallen, und nie war etwas los. Ich bin nicht in einer geistlosen Kindheit von betuchten Aristokraten verzogen worden, die niemals begriffen, was in einem Kind vor sich geht, oder einfach vergaßen, Notiz davon zu nehmen. Meine Beziehungen zum anderen Geschlecht lagen nicht schief und dienten nur dazu, Bodenkontakt zu bekommen. Kein Französisch- und Lateinlehrer hat sich jemals meinetwegen auf dem Weg von mir nach Hause ertränkt. Ich bin gerade siebenunddreißig Jahre jung geworden, nicht alt. Und solange Egill und Alma und Sigga und zwei oder drei andere auf derselben Linie liegen wie ich, gibt's keinen Grund zu klagen.

Um sieben Uhr auf dem Nachhauseweg sind die Farben verschleiert. Wir fahren durch helles Land und dunkles Land und rotes Land und braunes Land im Nachmittagsdunst. Der Winter steht vor der Tür, und jeder Tag, den man noch Herbst nennen kann, ist ein gefundenes Fressen. Ich kenne diese Strecke. Trotzdem ist sie neu.

Der Berg ein Wundertier
am Seeufer. Ein
undeinhalber Berg.

Licht und Schatten gleiten über das Land. Zwischen
Wolkenballen. Die Stadt vor uns. Da, wo Meer
über Land gegossen wurde. Zerschmolzenes Metall.
Seidenluft darüber.

Ein historisches Mittagessen

Ausgerechnet dort habe ich eine kleine Oase für mich gefunden, wo man es zuallerletzt vermutet hätte, nämlich in der Einöde des Lehrerzimmers. Natürlich ist es keine richtige Oase mit Palmen, Wasser und Datteln, sondern nur ein kleines, von der Erosion bedrohtes Fleckchen isländischer Erde mit Grasnelken und einer angefressenen Krüppelbirke, aber zum eigenen Zeitvertreib rücke ich mir die Tatsachen gnadenlos zurecht. In dieser Hinsicht bin ich genau wie jeder andere, irgendwie muß ich die Zeit totschlagen.

Ja, es ist der junge Geschichtslehrer, dem ich unbegrenzte Aufmerksamkeit schenke, je nachdem mit oder ohne sein Wissen und Einverständnis. Ich weiß, er ist es nicht wert. Und doch. Es wäre so interessant zu wissen, ob die Leere unter der Oberfläche wirklich so groß ist, wie ich glaube. Seine Versuche, sie auszufüllen, sind außerordentlich verdächtig. Permanent bemüht, etwas Großartiges und Bedeutendes zu sagen. Raucht seine Pfeife mit selbstgestrickter Philosophenmiene.

Wie ich da sitze und mich mit seinem Gehabe in der Sitzgarnitur des Lehrerzimmers vertraut mache, kommt mir die Idee, daß man den Geschichtsknaben aus seiner natürlichen Umgebung herausnehmen und mit ihm nach Hause zum Sörlaskjól fahren sollte. Mal sehen, wie er sich in dem Plüschsofa ausnehmen würde.

Ich bin schon immer dafür gewesen, meine Einfälle in die Tat umzusetzen, und lade ihn deshalb bei nächstbester Gelegenheit zum Lunch ein. Er reagiert äußerst weltmännisch auf diesen Vorschlag, als ob er schon von dem Moment an, wo er vor dem Dom den Regenschirm über mich katapultierte, mit einer solchen Einladung gerechnet hätte.

Seine Metamorphose beginnt in meinem kleinen roten Auto, und das schon auf der Brücke über den Stadtteich. Nun entwikkelt er sich wieder zu dem Prachtstück vom Friedhof, und in meinem Stadtteil ist er noch wieder ein anderer. So ein Exemplar ist mir noch nie begegnet.

Ich habe den Tisch schön gedeckt und gebe ihm gegrillte Lammkoteletts mit Knoblauch zu essen und roten Wein zu trinken. Das findet er eine gute, wenn auch ungewöhnliche Idee.

Nimmst du soviel Knoblauch zum Essen, fragt er ganz verblüfft.

Ja, weil er so gut ist, sage ich, und unglaublich gesund. Wirkt gegen Viren. Und weißt du, man kann sich darin üben, dieses erstaunliche Naturprodukt zu essen. Je mehr man davon ißt, desto weniger riecht man, wenn man erst einmal in Übung gekommen ist.

Er bewundert Alda wegen fundierter Kenntnis exotischer Produkte.

Und ich füge hinzu, daß man dann auch den Rotwein nicht riecht, wenn er sich bei den Anfängern über das Inquisitionsgericht ausläßt, sondern nur den Knoblauch, was in bezug auf irgendwelches Gerede günstiger, wenn auch schwieriger zu ertragen ist. Er hat's gut, denn er hat nur noch eine Stunde, während ich mich durch zwei hindurchquälen muß. Vielleicht spiele ich irgendeine Platte für die Klasse, so daß ich mich, halb beschwipst nach einer halben Rotweinflasche, nicht konzentrieren muß. Wie wäre es, einige ausgewählte Hurensongs von Brecht und Weill anzuhören. Dann habe ich wenigstens auch meinen Spaß.

Wir haben eigentlich kaum etwas gesagt, und ich verstehe nicht, wieso auf einmal die Rede auf die Kindheit kommt. Als er als kleines Bürschlein auf dem Bauernhof war und dort wegen zudringlicher Kühe Heuschober hüten mußte. Wollte mit dem Milchauto durchbrennen. Acht Jahre, kerzengerade und mit verletztem Stolz. Eine kleine Träne in einem Vergißmeinnicht-Auge. Nein, es ist blauer als Vergißmeinnicht. Eine unbekannte Bläue. Ich blicke so vage drein, wie ich kann.

Dieses Mittagessen stellt in gewissem Sinn einen Wendepunkt dar. Ich hole das Familienalbum hervor und zeige dem Gast Bilder von Alma und mir in üppigen Rüschenkleidern mit Haarschleife und Korkenzieherlocken. Fünf und zehn Jahre alte Maiden, strahlend lächelnd, das gleiche kastanienbraune Haar. Ich bin erstaunt über das Kindergesicht von Alda, heiter und klar. Über Sorgen erhaben.

Aber das Interesse des Geschichtslehrers richtet sich auf ein anderes Foto. Ich im Nachthemd mit der Puppe Alda. Die damals größer als die Besitzerin war. Das siebenjährige Antlitz auf dem Bild ist ohne Freude. Es ist verschlossen und verdunkelt von Weltschmerz. Ein achtzigjähriges Antlitz. Hingegen lächelt die Puppe gesellschaftsfähig an meiner Seite.

Ich habe noch nie so ein Bild von einem Kind gesehen, sagt der Geschichtslehrer und schreckt aus seinen Gedanken auf.

Nein, sage ich und lege das Album zur Seite, etwas beschämt, es überhaupt hervorgeholt zu haben.

Unvermittelt ist erster Dezember. Der erste Tag im letzten Monat des Jahres. Die See hier draußen ist kaltblau. Auf ihr sind die gewaltigen Wogen, die mir Steindór Einarsson, Lateinlehrer und eine Seele von Mensch, abgenommen haben. Ich konnte nichts dazu, daß Steindór nicht mein Fall war. Mein Fall! Der einer anderen Frau und Vater von drei Kindern. Wenn er nicht wegen mir ins Meer klabastert wäre, dann eben wegen einer anderen. Ein sentimentaler Typ.

Ich brauche nicht weiter darüber nachzudenken, denn ein anderer und unsentimentaler Typ schaut aus seinen blauen Augen in meine grünen. Sie sind nicht länger aus festem Packeis, sondern aus fließendem Wasser. Jetzt sehe ich nicht mehr Treibeis im Norden von Island im März, sondern einen See oben auf einem Vulkan am Mittelmeer im August. Jenseits des Sees, draußen vor dem Fenster, fliegen weiße Schmetterlinge, aber keiner von uns weiß, ob es Asche oder Schnee ist.

Fahrt ins Landschulheim

In der ersten Dezemberwoche mischen sich oben auf dem Paß stiebender und fallender Schnee. Man sieht keine Handbreit. Der Bus schleicht mit zehn Stundenkilometern vorwärts. Einige ziehen die Vorhänge vor ihr Privatfenster in der beweglichen Schutzhütte. Wollen nichts von Schneetreiben und Gestöber wissen. Und wir halten uns ans Singen, um das tobende Wetter zu übertönen.

Every time I'm away from Liza
Water come to me eye

Jónsteinn und seine Gitarre sorgen für Stimmung. Schneewehen und unpassierbare Straßen existieren nicht. Stürme können draußen machen, was sie wollen. Drinnen bei uns herrscht totale Windstille.

Zum erstenmal drücke ich mich nicht davor, die Schüler im Landschulheim zu beaufsichtigen. Außer mir sind noch der Geschichtsteddy und Sportlehrerin Hildur im Bewacherteam. Sie sieht heute etwas plump aus, gestiefelt und eingemummelt in einen dicken Wollpullover. Ich dagegen trage meinen grünen Hosenanzug, der den Po so gut zur Geltung bringt, und ich brauche keine Befürchtungen zu haben, daß andere sich besser ausnehmen könnten als ich.

Lisa aus der 6c, meine Lieblingsschülerin, kann ihre Augen nicht von dem Geschichtslehrer abwenden, der ganz vorn im Bus sitzt und hin und wieder durch das Mikrofon dumme Witze zum besten gibt. Heute ist er Pfadfinder. Und nicht die Bohne witzig. Trotzdem wird gelacht. Durch sein Gehabe will er sich beliebt machen. Indem er sein Gebiß ewig blitzen läßt und mit anderen wohlbekannten Tricks. Lisas helles Haar bebt vor Gemütsbewegung. Ihr Freund Jónsteinn kriegt überhaupt nichts mit. Vielleicht ist das nur gut so.

Lisa gehört zu den besten Schülern, die ich je gehabt habe, und ich mag sie auf eine ähnliche Art wie Sigga. Aber Leute, die gut in der Schule sind, können sehr wohl im Leben dämlich sein. Außerdem ist sie nicht alt genug, um den überdimensionalen Geschichtslehrer zu durchschauen. Huch, wie er sich an Lisa heranmacht. Betörung dritten Grades. Dieses unschuldige Ding hätte es verdient, daß du sie in Ruhe läßt. Versuch dich lieber an Damen mittleren Alters, die sich nichts daraus machen, daß bei dir nichts dahintersteckt und du vor Angst schlottern würdest, wenn man dich in eine dunkle Ecke drängen würde. Es ist gemein, unschuldige Schulmädchen zu hypnotisieren. Sie sind ein zu leichtes Opfer. Warum in aller Welt gehen Männer immer den Weg des geringsten Widerstandes?

Jónsteinn fordert mich auf, Lili Marleen zum besten zu geben. Es gehört nicht zu meinen Gewohnheiten, in nüchternem Zustand deutsche Schlager zu singen, aber ich mache hier eine Ausnahme, um volkstümlich zu sein, um zu überspielen, daß ich aus einer besseren Familie stamme als alle hier im Bus zusammengenommen.

Uns're beiden Schatten
Sah'n wie einer aus.

Zur Begleitung von Jónsteinn. Und mitten im Singen werde ich Zeuge eines Wunders. Der Geschichtslehrer schreckt aus seiner eigenen Mitte auf und nimmt wahr, daß hier noch mehr in der Luft liegt als er mit seinem konstant breiten Lächeln. Er vergißt, das kleine Fräulein Lisa anzuschauen, die sieht, wie er mich anstarrt. Nicht heimlich weinen, Lisa, das lohnt sich nicht.

Noch andere als der Mittelalterforscher sind fasziniert von mir. Ein Exemplar Klassenpoet starrt mit gebrochenen Augen, als ob er ein verblichener Geliebter von mir wäre. Ich hatte eigentlich den Eindruck, als ob dieser Knabe es mit Humor nähme, in zwanzig Jahre ältere Frauen verliebt zu sein, aber ihm ist offensichtlich nicht zum Scherzen zumute, während ich Lili Marleen singe.

Zufälligerweise ist der Sitz neben mir frei. Dorthin hat sich der große Mann mit den blauen Augen gesetzt, als ich fertig bin.

Danke für das Lied, sagt er.

Any time, sage ich.

Willst du Lisa mit diesem Platzwechsel zum Weinen bringen? Was soll sie denken, wenn du dich woanders hinsetzt? Ach, Geschichtsteddy, er denkt jetzt gar nicht an irgendwelche Lisas, das sehe ich ihm an. Er schaut entweder auf meine Schulter oder hinaus in die imaginäre Bergwelt. Sicht gleich Null.

* * *

Gegen Mitternacht legt sich der Sturm beim Landschulheim. Der Schnee tobt nicht länger rastlos durch die Gegend, er liegt still auf der hügeligen Landschaft. Wir betrachten sie zusammen am Fenster. Allein auf dem Hüttenabend, mitten im tanzenden Schülergewühl.

Bist du oft hiergewesen, als du selbst noch auf der Schule warst? fragt er.

Nie. Mich verbinden keine Erinnerungen mit diesem Ort.

Ich kann dir eine geben, sagt er und lächelt unvergeßlich.

Er nimmt meine Hand, und wir tanzen zu dem Schlager Wir gehn zu zweit.

Eins zwei.

Ich, die ich kaum je tanze.

Er hält mich fest und gleichzeitig sanft, und seine Hand in meinem Rücken ist göttlicher Trost. Er führt nicht, sondern gibt nur, ich weiß nicht wie, den nächsten Schritt zu verstehen. Den nächsten. Nächsten. Beim Tanz tanzt nicht er mit sich und ich mit mir, sondern ich mit ihm und er mit mir. Das ist etwas Neues. Trotzdem kommt es mir so vor, als ob das Ritual alt ist, als ob der Geschichtsteddy ein Spielkamerad aus der Jugend ist, bei Räuber und Gendarm, Blinde Kuh und Eckball. Er ist ein Baum aus immergrünem Material in meinem Garten. Ich bin eine Birke. Unser Frühlingstanz im Winter.

Frühlingstanz
Mein immergrüner Baum
mit den Armen
um die Birke

auf dem Boden

improvisieren wir Schritte

von Wurzel auf.

Im Wipfel singt die Drossel
so daß ich mich lehne
dir zu Ohren
dir zum Tirili

Das Lehrerzimmer ist ein Luxusort an einem Schneesturmmorgen im Dezember. 15 Tage bis Weihnachten. Aldas Pu in rotem Pullover in einer blauen Rauchwolke nuckelt an seiner Pfeife. In seinen vitalen Augen glitzert es, sie waren mir einmal unvital. Sie richten sich auf Alda, wie sie zur Tür hereinkommt. Erst aus dem Lammfell, dann aus den Stiefeln und Wollsocken. Das braune Haar ergießt sich die Wangen hinunter, als ich mich vorn überbeuge.

Aus der Maispfeife raucht es an einem Sommermorgen wie aus dem Schornstein des letzten Hofs in dem stillen Tal, wohin ein Wandermüder kam, um Kaffee zu trinken und die erschöpften Glieder nach einem Tagesmarsch durch Geröll auszuruhen, doppelt und vielfach erleichtert.

* * *

Ich glaube, du bist ein Seehund. Ein speckfetter Seehundpapa.

* * *

Seine Hände sind Flossen, die sich bewegen, um die Pfeife zu stopfen um die Pfeife auszuklopfen um auf den Tisch zu trommeln um Alda zu umarmen.

* * *

Das alljährliche Fest von Framtíd* am 21. Dezember. Feiern wir die ZUKUNFT.

Wieder führen wir zusammen Aufsicht, wie im Landschulheim. Aber niemand beaufsichtigt uns.

Ich sehe es dir an, daß

sich in deinen Augen meine Woge erhebt, hoch hinaus über die Wellenkämme, die dir bisher über den Weg rollten.

* * *

Vorabend. Auf dem Rücksitz. Zuerst zum Sörlaskjól. Dort gibt es grüne Nordlichter, die rot werden können. Bitte die Ægisída entlangfahren. Wegen der Aussicht. Er blickt mich an mit neutralem Begehren. Er schließt die Augen für eine Weile und macht Gedankensprünge. Er schaut mich wieder an. Er kann nicht umhin.

*FRAMTÍD (Zukunft) heißt der traditionelle Debattierclub des Alten Gymnasiums in Reykjavik.

DER ERSTE KUSS ist zwar leidenschaftlich, aber man läßt es sich nicht anmerken. Der erste Kuß wird in aller Schnelle gerade so eben auf die Lippen gedrückt, trotzdem mangelt es nicht an Sorgfalt. Der erste Kuß ist in seiner Art wissenschaftlich, mit ihm wird eigentlich sondiert, ob die Basis für eine Fortsetzung gegeben ist. Unmittelbar nach dem ersten Kuß richtet man sich auf und läßt sich die Konsequenzen durch den Kopf gehen. Falls der erste Kuß ein unmißverständliches Anzeichen für eine Annäherung auf der ganzen Linie ist, dann ist nur ein Weg gangbar: Weiter. Über die Grenze.

Bei der ersten Fahrt
  auf der Milchstraße

Kommen wir gleich an eine Kreuzung
  mit Nordlichtern

Grün bedeutet rüber
  genau wie auf der Erde.

* * *

Zu deiner Unterrichtung sage ich dir zu Hause bei mir am Sörlaskjól, daß der Klassenpoet in der 6b am Freitag nach der Schule mit mir nach Hause gegangen sei. Ich hätte ihm Leberbrot und pürierte Rüben zu essen gegeben und zum Nachtisch Mousse an chocolat (über die Zusammensetzung des Menus kann man geteilter Meinung sein), und nach dem Kaffee hätte er mich pronto genommen, wie geplant im großen alten Bett, in dem ich wohl selbst auch gezeugt worden bin.

Du, dieser starke Mensch, erbleichst: Liebe Alda, wie kannst du dir das antun.

Meine Alda,

sagst du noch bleicher und sinkst in einem Anfall von Mitleid an den Hollywoodbusen.

Dann muß ich dich dafür trösten, daß du mich bemitleidest, und ich tröste dich so sehr, daß du mich enthüllst und ich dir enthülle und wir uns enthüllen im Eisenbett von Obermedizinalrat Oddur Ívarsen und seiner Frau Alda. Es ist doch eine wunderbare Sache, daß alle Wege wieder dorthin führen, wo alles seinen Ausgang nahm.

* * *

O sagenhafter Mittelalterforscher! Was steckt dahinter? Hormone vielleicht. Daß du mich mir nichts, dir nichts dir zu deinen schönen Füßen legst wie die Abiturientin am Nationalfeiertag den Blumenkranz am Denkmal vom alten Jón Sigurdsson.

* * *

Die praxisbezogene Seite der Liebe hat mich schon immer befremdet. Liebende, die sich durch den Werkunterricht hindurchquälen. Mein Freund. In dir ist auch nicht ein Bruchteil von einem Handwerker. Du bist ein hundertprozentiger Eroberer.

* * *

Am kürzesten Tag des Jahres. Kamst du zu mir und ich zu dir an dem Ort, wo alles anfing. Wo alles weitergehen soll. Ich schalte auf Zukunft.

* * *

Zum erstenmal gehst du fort von mir unter Sternbildern. Am einundzwanzigsten des letzten Monats in diesem Jahr. Unter den genannten Bildern und Lichtern des Himmels schlichen wir uns heute abend gemeinsam die Treppen hinauf, und jetzt in der Nacht stiehlst du dich hinunter, zu einem Taxi. Deine prachtvolle Rückansicht bestens bekannt.

Ich rede dich an:
Prachtvoller Anblick!
Tu's bitte:
Bleib noch etwas

* * *

Während die Grünen sich ständig zwischen Sternen und Mond hin- und herbewegen, am Rand rot werden, sich unablässig schlängeln, steigst du geschmeidig, großgewachsen in den Rücksitz, schlägst die Tür zu, sagst die Adresse, Aldalos, einsam, fort aus der Geborgenheit von Sörlaskjól in die Öde von Melar.

* * *

Das Eisenbett leer. Man sieht nicht, daß du bei mir gewesen bist, aber ich weiß, es ist wahr. Der Duft hier drinnen ist so süß wie dein Atem. Ich begebe mich auf den Speicher, lege mich auf den Boden. Ich sehe die Nordlichter durch das Dachfenster, wie sie dir in emsigem Tanz den Weg weisen. Schau sie an, die elektrisierten, mein Freund, denk dir, daß sie mein Geleit sind. Zum Ziel. Nach der Begegnung Nr. 1. In alle Ewigkeit.

* * *

Die Stadt im Winterdunkel ist ein lächelndes Land.
Rote Lichter auf Balkons
nur uns angezündet, mir + dir.
Lichter im Fenster, Lichter am Firmament. Aufgegangen am kürzesten Tag.

* * *

23. Dezember. Kinderchor auf Lækjartorg. Im Geist kaufe ich Geschenke für unseren Kinderchor. Und eins für den Vater. Ich ziehe mich aus der Welt dieser Menschen auf der Straße zurück, gehe in weißem Pelz das Stückchen hinunter zum Hafen. Da ist

kein Mensch. Völlige Windstille. Die vielfarbigen Lichterketten der Schiffe bilden einen Regenbogen über ihnen. Würdest du mit mir Schiffsplanken besteigen, Eroberer, könnte ich endlose Länder und Inseln für uns entdecken, da du mich zuerst entdeckt hast.

* * *

Ich schmücke alles weihnachtlich bei mir zu Hause. Die weiße Sternenkette des medizinalrätlichen Ehepaars hängt im Fenster, und auf den Tannen im Garten liegt Weihnachtsschnee. Heiligabend wird kommen ohne dich. Das ist normal. Nichts Neues, daß du zu Weihnachten nicht hier bist. Hier.

* * *

Am Abend vor Heiligabend gebe ich mich mit dem Duft von Hyazinthen zufrieden. Tatsache: Du bist nicht bei mir und wirst es vielleicht nie sein, nie wieder, aber ich werde hier sein mit den jeweiligen Blumen, was immer auch kommen mag. Ich mache mir keine Gedanken darüber. Ich weiß: Was ist, wird sehr gut, und ich bin mittendrin. Vor mir liegen gute und ruhige Tage. Ich draußen im Garten kümmere mich um Feuerlilien, jäte Unkraut, beschneide Bäume. Ich ruhe mich auf einer Decke aus und trinke Espresso in der Sonne. Kein Anlaß zu Klagen. Hoffe: Du würdest zu mir auf die Decke gezaubert. Der Kaffee reicht auch für dich. Ich würde dich genauso umhegen wie all meine Pflanzen. Aber wenn du nicht kommen kannst, werde ich nicht den Mut verlieren. Deinetwegen den Mut zu verlieren wird für alle Zeiten außerhalb meiner Kompetenz liegen.

* * *

Die Glocken im Rundfunk läuten eine frohe Weihnachtspause ein. Frohe Weihnachten, liebe Alma und liebe Sigga. Mit Küssen. Setzen uns in der stillen heiligen Nacht zu traditionellen

Schneehühnern à la Mutter Alda Ívarsen. Silberbesteck und Porzellan der medizinalrätlichen Eheleute. Engel und Kugeln am Baum, ebenfalls aus ihrer Zeit. In unserem Haushalt lassen wir keine Sachen zerbrechen.

Prosit mit siebenjährigem Purpurrotem. Klingklang sagt der Kristall. Zum Wohl über versilberten Kerzen. Das zarte Gesicht von Sigga. Ist mein Gesicht, wie es einmal war. Das Gesicht eines Mädchens auf uralten Fotos.

Erinnerst du dich an all die Weihnachten im Salon
liebste Schwester. Als wir klein waren.
Weihnachten in roten Samtkleidern mit weißen Spitzenkragen.
Zwei Schwestern in Kleidern aus Paris. Die Papa auf Reisen gekauft hat.

Heiligabend um zwei Uhr kam Jungfer Dóra. Um allen die Haare zu legen.
Erhitzte die Lockenschere auf dem Herd. Alda und Alma mit Korkenzieherlocken und Schleifen.
Standen bis sechs Uhr vor dem Spiegel.

Erinnerst du dich, wie verliebt Papa immer in Mama mit frischgelegtem Haar war.
Er sang: Der Duft aus der Küche ist so verlockend und küßte Mama auf den Hals
als sie die Sauce zu den Schneehühnern machte.

Gedeckter Tisch im Salon. Jungfer Dóra half.
Damals wurde für vier aufgelegt. Jetzt für drei.

Erinnerst du dich an Weihnachten, als ich krank war. Meine fünfjährigen Weihnachten. Alda mit Lungenentzündung. Die ganzen Weihnachten in Papas Bett. Durfte am Heiligabend nicht mit den anderen essen. Am Morgen war Papa noch fortgegangen, um ein Extrageschenk für sein kleines krankes Mädchen zu kaufen. Die größte Puppe in der Stadt. Ich taufte sie Alda, erinnerst du dich. Sie war bei mir in Papas Bett. Zu groß, um mit ihr zu spielen. Dieses Jahr und auch sonst zu Weihnachten setze ich Alda in Papas Sessel, um ihm dafür zu danken, wie gut er an Weihnachten war, wo ich krank war, als ich klein war.

* * *

Am dritten Weihnachtstag ist Weihnachten. Jetzt ist er bei mir in meiner guten Stube. Die Hyazinthen duften auf allen Etagen. Die Lichterkette im Fenster illuminiert den leise rieselnden Schnee. Zwei brennende Kerzen und der Schimmer der Straßenlaterne am Tor. Unsere Jugend steckt in den Kinderschuhen.

In deiner Nähe
bin ich ein frischgebadetes Weihnachtskind.

Es öffnet strahlend die Päckchen
und freut sich auf das Erwachen
in einem Zimmer voller Geschenke.

* * *

Für unser privates Weihnachtsmenü würde ich Engelfleisch mit Weihrauchsauce kochen.

* * *

Komm dann mit Kußmund
Quer über den Tisch

zur Wange im Osten / zu Lippen im Süden

Das Lieschen, das fleißig heißt oder Impatiens in der Fremdsprache, gilt als keine besondere Zimmerpflanze, weil es so einfach zu ziehen ist, gehört aber zu meinen Lieblingsblumen und ist rundum voller Blüten. Mein jetziges Lieschen fing mit vervielfachter Energie an zu blühen, als die Sonne die kürzesten Kreise zog. Völlig perplex bestaunte der Weihnachtsteddy Hunderte von rosarötlichen Lieschenblüten. Hätte mir so etwas nicht zugetraut, wie er sagte.

Meine Liebe begann hier drinnen zu sprießen

und übertrifft alles andere im Fenster

mit achtzehn Blüten und vielerlei Knospen.

Herrlich ist deine Pflanze sagen meine Gäste

und wissen nicht, daß es Liebe ist.

Während ihrer Abwesenheit wird sie mit Tränen bewässert und mit Lachen behaucht.

Meine Gäste sagten: Das ist eine einjährige Pflanze.

Ach so? lächelte ich. Das wird sich herausstellen.

Laut Pflanzenbuch sind angeblich alle mehrjährig. Aber selbst wenn sie alt und senil werden,

kommen sie nicht in die zweite Kindheit. Zu keiner Jahreszeit.

O ich Glückspilz. Mit all meinen privaten Handbüchern.

Auf der Sudurgata am zweiten Tag des neuen Jahrs. Fünf Grad Frost. Die gleichen Nordlichter wie am Tag Nr. 1, die gleichen Sterne. Was ist damals über uns gekommen? Ein übermütiger Spuk aus dem guten Alten Friedhof? Sind natürlich leicht beschwipst über das Tor geklettert, in den Garten der Toten, und feierten, daß wir nicht tot waren, wir provozierten ehemalige Menschen und bemitleideten sie gleichzeitig. Wir formten Engel im Schnee und ließen die Flügel sich berühren. Auf dem reservierten Platz für mich bogst du auf die Umlaufbahn ein. Alda Ívarsens Wollschal wärmt uns auf ihrem eigenen Grab. Die Nordlichter sind grün, in rosa Rahmen, die uns zu Ehren zukken. Die zwei Hauptsterne in deinem Gesicht über mir und die Sterne des Himmels darüber nur Filialen deiner Augen.

Das ist das Grab meiner Mutter, sage ich zu dir, und du lachst und hebst mich hoch und hältst mich, stark wie ein Löwe, so daß ich dem Firmament noch näherkomme.

* * *

Wenn ich dich liebe, Spezialist in menschlichen Missetaten
früherer Jahrhunderte
dann liebe ich dich im Windschutz
zwischen Krebsvorsorgeverband und Friedhofsmauer
wo auf Alda Sen Ívars junior gewartet wird.

Haha, ihr isländischen Gruftlosen
wißt nicht wo ihr endet. Good-bye. Good-night sweet
ladies, aber vor allem Gentlemen.
Auf meiner Rasengruft oder Parzelle nur dir
steht's frei zu sehn, wie fein ich hier zur Ruhe geh. Leck mich
am Zeh.

* * *

Keine Augen nur deine sind Himmel
und jetzt heißt es flattern

auf einer Wolke verweilen

schweben

Das geht nur im Himmel
furchtlos
denn er ist endgültig

* * *

Es ist vollbracht. Wünsche Nebensache.
Nicht einmal sie müssen sich erfüllen.

* * *

Deine aufrichtige Hand auf meiner regennassen Bergschulter.
Frostfreie Erde im Januar.

* * *

Beim Sanatorium in der Lava. Tempel des weißen Todes.

Du mit Mütze. Schirm über den Augenwolken. Folgen getretenen Pfaden.

Spuren sterbender Liebender. Die in Felsnischen Liebesworte husteten.

Mit Füßen auf Wintererde / legtest du deinen Mund an meinen Mund. Behutsam.

Blutspucken nicht mehr aktuell. Tuberkulosebazillen verblichen.

Mein Kopf ist glücklich. Deine Schultern halten ihn hoch.

* * *

Ich bin deine See. Segle.

* * *

Du bist lauter wie die Freude
entrückt wie die bettlägerige Großmutter
        angetan von Liebe
        manchmal erpicht auf mein Gekrabbel

Du bist alles zum Feuermachen, nur nicht der Kamin
das bin ich

Sammeln wir um uns Feuerfunken
und siehe, sie werden zu Lichtern der Stadt

Wunderlichter der Mühsale

hallo, wir ernten Atem
tiefen mit dem Dunkeln, langsam.

* * *

Du bist mein Schiff. Segle jetzt.

* * *

Eine Menge Wörter kann man nicht verstehen, bevor man mit
ihnen bekannt wird.
UNGEDULD ist eines von ihnen.
Ungeduld nach dir, mein Geliebter
unter strahlendem Himmel bei Mittagslicht
Ungeduld
unbestimmt wie die Richtung aus der in Island der Wind weht
ganzselteneinmal gut
wie die Prozession der Wolken im Juli.

Grundlose, furchtsame
wohlduftende Ungeduld wie ein Säugling
hart wie Brandung,
ungeduldige, unklare
Ungeduld nach dir, mein Geliebter.

Ein gerade achtundzwanzig gewordener Knabe hat blaue Cordhosen angezogen. Sitzt auf dem Bett bei Alda, unversehens, mit nacktem Oberkörper. Seltenst machen sie eine Pause beim Anziehen, um sich zu ihr aufs Bett zu setzen, damit sie nicht so allein und völlig nackt unter Daunen und Damast ist. Und du nimmst mich bei den Schultern, weil mich das so schön tröstet, obwohl ich gar nicht weine, und du fragst: *Liebste Alda, wo soll das enden?*

Es wird wohl hier im Bett enden, wo das Medizinalratsehepaar alles in Gang gesetzt hat, sage ich. Da überwältigt es dich, komisch. *Sag das nicht*, sagst du. *Ich fürchte mich vor Orakeln.* Du legst dich auf die rosa Seidendecke, die ich über mich gebreitet hatte, und deine Tränen fallen auf die Decke zwischen uns.

Und ich weiß du weinst

um meinetwillen.

Jetzt läßt du's zwischen den Fingern hindurch auf den Handrücken regnen.

Alda trocknet den Niederschlag, den salzigen.

Sie schaut auf ihr Meer der Dunkelheit hinaus.

Sie hat keine Antwort auf Zeichen ohne Fragen.

Keine bestimmte Stimme in der Umarmung (Zeile im reimlosen Raum)

* * *

Mitten im März stellt es sich heraus, heute, am fünfzehnten. Die Iden des März, an denen Caesar ermordet wurde. Noch einmal fünfzehn, und dann bist du unterwegs in die verlängerten Osterferien mitsamt der legitimierten Ehefrau. Ein Kongreß in Mexico City. Drei Wochen im Ausland. Was dann?

Ich die ich ein Vogel bin und
dein Haar ist ein Nest für den Kopf
die Hände Äste für die Füße zu stehen
die Zähne Korn für die Zunge zu schlecken
die Zehen Würmer für den Schnabel zu picken

Du bist den Flügeln Himmel. Standvogel ohne Himmel.

Das wird Alda.

TAGE BIS DAHIN. Vierzehn Tage

Der Strang zwischen Nabeln am Zerreißen. Noch vierzehn Tage Zeit – Rechnung bis dahin, oder von da an.

Die Abreise verursacht keine Panik bei mir. Ich weiß genau. Du kommst. Wieder. Duftend zurück in meine Arme. Ein duftender Engel in eine bestimmte Umarmung, im Morgengrauen, im Frühsommer. Dann sprießen Gletschermohn, Sauerampfer, Silberwurz.

Zehn Tage

Du bist nicht die Spur vom Luxus der Tage
sondern die vollkommene Notwendigkeit der Sonnenkreise.

Du bist der Stoff, der sie zusammenhält. Bewahre mich vor zersplissenen Zeitkreisen. Fahr nicht.

Sieben Tage

Die Tulpen blühen, wenn du zu mir zurückkehrst. Rot unter dem Südfenster meiner Schutzburg.

Der Gesang des Abschieds. Gesang in keinem Baum.

Am süßesten bist du mir, Herr, beim Abschied. Schweren Herzens.

Zwei Tage

Ich will dich aus dem Bärenlager fortlassen, mein liebster Teddy, leb wohl. Es ist an mir, dich freizugeben, dir den Winterschlaf zu unterbrechen.

Erster April

Du kommst, um dich zu verabschieden. Zu mir am Abend zum Sörlaskjól. Aprilscherz. Laß dich in den April schicken.

Im gelben Gras vom Vorjahr spazieren Frauen mit Kinderwagen am Meer entlang. Mach mir ein Kind, Teddybär, damit ich auch einen Wagen bekomme, den ich im Licht der Autoscheinwerfer schieben kann.

Diese drei Wochen gehen schnell vorbei. Sagst du. Ich hätte das nie gesagt. Weißt du nicht, daß die Zeit für den, der weggeht, flüssig ist. Für den, der zurückbleibt, besteht sie aus fester Materie.

Nutz die Zeit im Ausland, um nachzudenken, sage ich, *um dich zurechtzufinden, um die Sache zu überdenken.* Alda, die Noble; Alda, du Schaf, was weißt du, der Mann nimmt dich womöglich beim Wort, und findet sich so gründlich zurecht, daß er dich verläßt.

Dann setze ich mit ein paar gemeißelten Sätzen dem Ganzen die Krone auf: Wahrscheinlich sei er mit seiner Frau viel besser dran als mit mir, zwischen uns bestehe ein gewisser Altersunterschied, und darüber hinaus würde ich nicht bezweifeln, daß das Verhältnis zwischen ihm und der Gattin richtig prima sei. *Weltrekord in übertriebenem Realismus, mein Gott, Alda.*

Er sagt auch nur, daß er niemals etwas anderes behauptet habe, als daß seine Ehe danke gut sei.

Man stelle sich vor: da ist außer uns beiden noch eine andere Person, die mit der Sache zu tun hat. Darüber habe ich bis jetzt herzlich wenig nachgedacht.

Du lächelst und streckst mir die Hände entgegen, damit ich etwas habe, woran ich mich festhalten kann. Du beschließt, daß du jeden Tag, während du fort bist mit einer anderen Person, an mich denkst, und ich an dich, mittags um halb eins.

Aber du reist auf einen anderen Kontinent. Da ist eine andere Zeit.

Nach isländischer Zeit. Sagst du.

Wir haben den 1. April. Vielleicht ist alles ein Scherz.

Nein. Wir verabschieden uns in der Gewißheit, daß wir uns bestimmt wiedersehen.

Ich öffne die Augen und schaue in deine. Blitzenden Blauaugen.

DER ABSCHIEDSKUSS ist seiner Natur nach langgezogen und hat einen salzigen Beigeschmack. Da möchte ich doch lieber den ERSTEN KUSS in Erinnerung behalten.

* * *

Du bist aus dem Biotop entfleucht, geflügelter Teddy.

Ich schaue dir nicht nach.

Ich höre mir fünfmal Valse Triste an.

Dann nehme ich, was ich sonst nie mache, zwei Valium, obwohl es nicht direkt ein Mittel gegen die Tatsache ist, daß du am ersten April abreist, oder besser, fort bist. Aber dann besteht mehr Hoffnung auf Schlaf.

Das einzige, woran ich denken kann: Ich will nicht wachen, es besteht kein Grund zu wachen.

Erster April.

Du schicktest mich. Weg. In den April, April.

Mein Verdacht ist nicht der, daß er jetzt zum letztenmal am Sörlaskjól zur Tür hinausgeht. Ich konzentriere mich auf die Rose, die er mitgebracht hat. Eine rote Rose im Endstadium. Es ist ein Ros entsprungen. Jedes einzelne Blatt ist sichtbar.

Du hast verstanden, warum ich dich nicht zur Tür begleitete. Ich will nicht wissen, wie das Wetter ist. Wie sich dein prachtvoller wohlbekannter Rücken auf dem weiten Weg fort von mir ausnimmt.

Du verstehst, daß ich dich nicht zur Tür begleitete.

Mein Verdacht ist der, daß er jetzt zum letztenmal am Sörlaskjól zur Tür hinausgegangen ist. Nein. Er ist nicht unstet. Er macht in drei Wochen keine Kehrtwendung. Seine Liebe, weil es Liebe ist, das weiß ich, das fühle ich, ist auf Fels gebaut. Kann nicht im Sande verlaufen.

Ich konzentriere mich auf die aufgeblühte Rose. Die du mitgebracht hast. Du. Dieses du, das vielleicht ein er geworden ist. Von jetzt an in der dritten Person. Dann wären wir nicht wir. Ich und nicht du. Nur ich. Nicht du. Nicht du, sondern er.

Dann wärest du mit anderen Worten der Mann gewesen, der mir freudig die einhundert Tage geschenkt hätte. Und jetzt stünden die bevor, von denen ich sagen würde: Sie gefallen mir nicht.

Die Tage wären dann gezählt.

Zweiter April

Die Erde ist hart und schmutzig. Auf dem Weg zur Schule. In aller Herrgottsfrühe, pfui. Auf dem Auto brauner Staub wie Schnupftabak. Verschwunden der feine Schnee, der die runzlige Erde verschönte. Der Wollmantel wird staubig, und beim Schneuzen fliegt Schmutz aus der Nase.

Frostgetrockneter Staub. Du bist fort. Gerade aufgestiegen, segelst weiter dahin auf den Wellen der Luft. Staubfreien Wellen. Richtung Sonne.

Nicht allein wie Welle Alda auf trockenem Land.

Drei lange Wochen soll sie dich entbehren. Alda ausgeschlossen.

Am dritten April

Werde ich die Uhr leid. Wie spät ist es im Lehrerzimmer?

Halt die Klappe, tauber Vigfús.

Ist es in Mexiko auf dem Mittelalterkongreß ein Uhr?

Ist es um sieben Uhr eins? Spielt keine Rolle.
Halb eins nach hiesiger Zeit tauschen wir Gedanken aus.

Ich setze mich in den Sessel am Tisch, den du dir zugeeignet hast.
Um halb eins denke ich an dich. Denkidenk
und du. Was denkst du?

Privatengel im Ausland.

Denkst du daran zu denken

An mich?

An Welle Alda im Lee

Alda, die Mimose, macht sich in die Hose

Wie bitte?

Die Verbindung ist schlecht.

Ich kriege eine Erkältung. O komm
hierher. Ja her zu mir.

Am vierten Tag

habe ich mich um ein Uhr ausgezogen
bin im Bett

zaubere dich zu mir, beim Glockenschlag
unter Daunen und Damast.

Am fünften Tag

ruhe ich in dir
auf ausländischem Grund.

Mexico City ist unser Schauplatz
da blühen das ganze Jahr Weihnachtssterne
unter anderem Namen

25 Grad in der Nacht

Tanzen wir um den Weihnachtssternebusch.

Am siebten Tag

Pfauvogel und Watvogel
fern von Alda

am Meeresufer

die Welle flutet nie heran

knochentrockene Steine

kein Pfauvogel
kein Seevogel
kein Watvogel

Alda eine Unglückswelle allein

* * *

Ich bin kein Mensch mehr, sondern wandelnder Schleim. Ich schäme mich, um halb eins verschnupft an dich zu denken. Seiner Liebe Schnodder übers Meer zu senden: Das ist unfair.

Das Kissen ist naß, wenn ich erwache. Nasenkran aufgedreht. Tröpfelnde Nasentropfen. Tränen der Nase. Mein Kopf ein Rotzklotz. Ich dürfte erst an dich denken, wenn der Kopf wieder klar ist.

Feuchte Papierflut auf dem Nachttisch. Ist der Mensch ein Schleimacker?

Die Ernte trieft mir aus der Nase.

* * *

Ich komme durcheinander
am zehnten Tag

mit dem Kalender

Es ist den ganzen Tag halb eins
am Milden Montag, am Stillen Freitag

du an meiner Seite
du brillantbrüstig an
meiner Seite.

* * *

Einundzwanzig. Drei Wochen. Dreimal sieben sind einundzwanzig. In Tagen gezählt.

* * *

Ich wasch die Bluse mit der Hand
in Seifenlauge.
Die Bluse, die ich trug
als du meine Brüste berührtest
durch die Bluse

Hollywoodbusen für dich
von passabler Größe.
Brüste einer sehr jungen Frau
von Bälgern unbenagt
Sie weisen straff nach oben

dir zu Mund und Händen.
Allzeit milchlose Alda. Das nennt man ästhetisches Glück.

AM LETZTEN WINTERTAG* schnuppert man Frühling. Ich säubere den Garten. Eine verschimmelte Lakritzpackung in einem Beet, Zigarettenstummel. Gras ist nicht Gras, sondern Überreste. Ich im T-Shirt. Sommer wird vorgegaukelt. Alma und Sigga lesen Nachmittagsbücher auf dem Balkon. Während ich Unrat aus vermodertem Laub auflese. Direkt am Haus gibt es einige freie Stellen. Der Bodenbelag des Gartens aus Erde.

Es ist alte Tradition in diesem Schwesternhaus, sich am letzten Wintertag einen bis acht zu genehmigen. Den Winter auskotzen, wie Alma es so treffend ausdrückte. In der Tat wird ihr viel eher schlecht als ihrer einzigen Schwester mit dem Pferdemagen, auch nach einem bis acht. Also. Den Winter auskotzen und möglichst einen Spaziergang hier am hauseigenen Strand machen.

Nach vieren scheint es mir vernünftiger, sich auf den Weg zu machen, als mehr feucht als fröhlich im Sessel hängenzubleiben. Wir gähnten in letzten Zügen schwankend. Beeilten uns zurück nach Hause, um weiterzutrinken. Gin Tonic hat normalerweise aufmunternde Wirkung auf mich, doch ich endete schlafend in Obermedizinalrat Oddur Ívarsens Lehnstuhl. Die Gobelinstickerei des Bezugs stammt von meiner gleichnamigen Mutter.

AM ERSTEN SOMMERTAG ist mir nirgends schlecht als in erwähnter Seele. Ich kotze nach innen. Bevor ich mich Ausgezogene auf die Matratze lümmle, würde ich noch nach Ginresten im Kühlschrank suchen. Ich schlafe ein. Was sind schon zehn Gin

* Nach isländischer Zeitrechnung gibt es nur zwei Jahreszeiten, Sommer und Winter. Der erste Sommertag fällt auf den ersten Donnerstag nach dem 18. April und ist offizieller Feiertag.

Tonic unter Freunden. Nachmittags um drei schneit es. Der erste Sommertag ist ein Beweis für traditionellen isländischen Humor. Immer derselbe Scherz. Jahr für Jahr. Um vier Uhr fallen große Flocken vom Himmel. Studienrätin Alda ist noch nicht angezogen und liest, auf den Ellbogen gestützt. Vergaß total, um halb eins an den Geschichtsteddy in Mexiko zu denken. Schlief fest, genauer gesagt. Auf der unteren Etage würgt Alma. Kriegt noch nicht einmal einen Schnaps gegen den Kater hinunter. Sigga steht ihr bei. Ich kann den Geruch von Erbrochenem nicht ertragen. Arme Alma, sie darf nicht mehr als fünf sechs trinken.

Du wirst bald wieder dasein, Freund. Am Feiertag der Arbeiterklasse. Ziemlich bald. Dann werde ich nicht schwänzen. Juhuu Petzenstein. Braun und schnuckelig von der Sonne Mexikos.

Patschst mit den Pranken
treibst Alda aus das Wanken
und küßt Elfe Alda im Tüllkleid.

Am ersten Mai singen wir die Internationale:
Wacht auf, Verliebte aller Länder.

Als er wiederkam

Du kommst morgen, und du erscheinst zum Unterricht. Ich kann es kaum glauben. Nur noch ein Tag abzubrummen. Morgen ist Wonne. Ich kann es nicht abwarten. Ich brauche nicht zu warten. Dies ist kein Warten.

Wie soll ich sein? Wie wird es? Um halb eins laut Stundenplan. Ich schlage meine Haare zu einem Knoten zusammen, damit du dir vorstellen kannst, wie ich die Nadeln herausziehe und die Haare auf die Schultern hinabwallen. Da hast du dich nie vom Fleck gerührt.

Ich gehe um Viertel vor zwölf ins Lehrerzimmer. Ein kleiner Doktor in Physik, der sich zeitweilig im obermedizinalrätlichen Bett aufgehalten hat, lungert lüstern herum. Physik ist nie mein Fach gewesen.

Entrée von Gymnastiklehrerin Hildur. Statt normaler Gangarten praktiziert sie federndes Hopsen. Nicht nur zu besonderen Gelegenheiten, sondern tagtäglich.

Dann trittst du herein, Freund. Mit sonnenglänzendem Haar, strahlender Haut, angetan mit einem hellroten Hemd aus Mexiko. Es ist genau halb eins. Sicherlich mir zu Ehren. Mein Freund. Es trifft mich nicht in die Knie, sondern direkt ins Herz. Warum schaust du nicht auf mich, sondern auf den Kugelhintern von Sportfreak Hildur? Begrüßt die Umstehenden. Scheinst deine holde Liebste mit dem aristokratischen Namen kaum zu sehen. Deine Liebste, die drei Wochen lang deiner geharrt hat und ihren Schnupfen in einem Tag losgeworden ist, um nicht mitten in einem deiner Küsse die Nase hochziehen zu müssen.

Ich sinke in den Lehrerzimmersessel, den du dir eigenmächtig angeeignet hast. Dann endlich schaust du mich an, du siehst mich, und du lächelst ein Lächeln, das besagt: So wird es immer sein. Oder ist es vielleicht dieses Lächeln? Doch, es muß sein. Ein Lächeln speziell für mich. Es ähnelt bloß so sehr dem bekannten alten Lächeln, das allem Volk widerfahren wird.

Bis zum Hals gelähmt in deinem Sessel am Fenster. Ich sehe, daß unten auf der Lækjargata irgend etwas los ist wegen des Sturms. Einer Frau fliegt der Hut vom Kopf. Ein Mann bringt ihn ihr wieder. Bin ich hysterisch? Was hätte er tun sollen? Sich auf mich stürzen? Vor allen anderen?

Aber sage mir, Liebster, war es nötig, den Blick auf Körperteile von Hildur GmbH zu fixieren? Wenn man nach der ersten Trennung zu seiner großen Liebe zurückkehrt. Oder vielleicht seiner kleinen Liebe. Geht es darum? (Was soll ich mit kleiner Liebe? Gott bewahre mich vor Miniliebe.) Wie schaust du mich an, frage ich aus den Augenwinkeln, als ich mich von den mittäglichen Ereignissen auf der Lækjargata losreißen kann.

Du siehst mich forschend an. Was suchst du? Danach, daß ich dich keines Blickes würdige? Ist es das, was du willst? Daß ich dich aus der Obhut meiner Augen entlasse? Daß ich niemals um halb eins an dich gedacht habe? Was ist eigentlich in mich gefahren? Der Mann hat noch nicht einmal seinen Mund aufgemacht.

* * *

Es klingelt, die Lehrer gehen einer nach dem anderen zum Unterricht. Hie Dänisch, da Latein, nein, erwähnen wir diese Sprache nicht. Geometrie, Astronomie. Der kleine Physiker wirft mir einen speziellen Blick zu, soll das etwa heißen, daß er irgend etwas über den großen Knaben und mich ahnt?

Jetzt will auch der Große sich unter dem Vorwand aus dem Staub machen, daß die Stunde schon längst angefangen hat, aber ich stoppe ihn mit unsichtbarer Geste und untersage Abgang. Gleichzeitig jage ich den Kleinen mit einer etwas anderen Geste wie eine Rakete zur Tür hinaus.

Willkommen.

Danke, liebe Alda.

Und küßt so süß auf die Wange mit der rechten Hand um die Taille. Erbleichend.

Du bist bleich (unter der Bräune/nach all der Sonne).

Wir reden später miteinander.

Komm zu mir nach Hause.

Nein, ich fahre dich um zwei. Bin schon viel zu spät dran.

Mit einer Schwarte unter dem Arm geht er zur Tür des Lehrerzimmers hinaus, des Zimmers, wo ich ihn erfand und patentierte. Ich schuf diesen Mann, als ob ich Gott wäre. Ich bewerkstelligte dies nur mit meinen Blicken und vervollkommnete es, indem ich ihm über Stirn Hände Brust Beine Rücken und Bauch strich. Dieser Mann ist mein Werk. Was wird aus denen, die vor ihrem Schöpfer fliehen? Was wird aus dem Schöpfer ohne sein Werk?

Nein, ich fahre dich um zwei.

Was bedeutet das?

Er macht Schluß.

Macht er Schluß?

Ich setze mich in deinen Sessel. Ich sitze nur da. Ein Kind in der Lækjargata verliert seinen Ballon und läuft ihm im Sturm nach, direkt vor der Schultreppe. Alda stürzt auf hochhackigen Schuhen hinaus und die Treppen hinunter, um den Luftballon für das Kind zu fangen. Ein roter Ballon mit Ohren. Ein heulendes siebenjähriges Mädchen hat aufgehört zu heulen.

Danke, sagt sie, und ihr fehlen die Vorderzähne.

Nichts zu danken, sage ich. Du mußt besser auf deinen Luftballon aufpassen. Du solltest ihn am Band haben.

Ja, sagt sie und lächelt zahnlückig.

Und paß auf, daß dir nicht irgendwelche Lausebengel ein Loch hineinmachen.

Ich gehe würdevoll wieder zur Schule hinauf. Jetzt beeile ich mich nicht mehr. Ich hoffe, daß die Stunde nur zu einem Viertel vorbei ist. Deutsch in der 6b.

Entschuldigt bitte, daß ich so spät komme. Ich wurde aufgehalten.

UNTERRICHTEN ist wohl einer der schlimmsten Erwerbszweige für jemanden, der nicht ganz im Gleichgewicht ist. Eine Frau mittleren Alters mit Liebeskummer könnte den Beruf wechseln müssen. Alda O. Ívarsen Telefonistin. Stenotypistin. Arzthelferin.

Sie schauen mich argwöhnisch an. Verflixte Bengel. Die Klassenfenster gehen auf die Lækjargata hinaus. Wer weiß, ob sie nicht am Fenster gestanden und gegafft haben. Ja, ganz bestimmt. Die hochhackige Alda prescht im engen Rock und mit flatternder Strickjacke hinter einem roten Luftballon her, das braune aufgesteckte Haar in Auflösung. Prädestiniert als Ophelia.

Braunes Haar und grüne Augen sind eine äußerst seltene Kombination. Zumindestens hierzulande. Macht euch einmal klar, ihr Armleuchter, was für ein Juwel ich bin.

Der minderbegabte Gunnar, Redakteur der Schülerzeitung, sagt während dieser Stunde in einem kurzen Dialog zu seiner Lehrerin: Nicht eine Ahnung.

Ich raste aus. Da unterrichtet man jemanden drei Jahre lang, und er kann noch nicht einmal Keine Ahnung sagen.

Nicht eine Ahnung. Nach drei Jahren. Wozu machen wir uns eigentlich die Mühe?

* * *

Nicht wie es war. Kann nicht so weitergehen, wie es war.

Aha.

Aha, aha.

Ich fummle am Schloß meiner roten Lacktasche herum. Ich pudere mich aus einer Dose mit einem Spiegel im Deckel. In der Dose sind zwei Tränen.

Der Puder wird naß.

Schon gut. Ich beruhige mich schon wieder.

Das kannst du nicht.

Soll ich glauben, daß dieser selbstgefällige Pimpf am Steuer sitzt und mir sagt, was ich kann und was ich nicht kann?

Was meint er damit, nicht wie es war?

Will er etwa zum Kaffee mit zu mir nach Hause kommen, über Literatur und Kunst reden und mir das andere verweigern?

Ich versuche ihn zu fragen, wie er sich dann freundlicherweise »unsere Verbindung« vorstellt, wenn es nicht so wird, wie es war. Die Antworten des Historikers sind vage.

Daheim bin ich keineswegs klüger. Er ist nicht mit hereingekommen. Dieser blutleere Knochen. Versuchte nicht einmal, Alda im Auto zu trösten. Und wie oft hat er nicht getröstet, wo es gar nichts zu trösten gab. Typischer Idealist. Beschäftigt sich mit Überflüssigem. Trocknet Tränen, wo keine sind. Echte Tränen lassen ihn kalt.

Gibt Alda den Laufpaß. Damit kommt er nicht durch. Ich werde seine Pfade im Lehrerzimmer kreuzen und ständig auf ihn einwirken. Steh, sage ich. Und er wird ihm stehen.

Es wird Mai. Helle Tage und Nächte. Er kann sich nicht aus meinem Bann lösen.

Oder die Liebe ist total absurd. Und Alda eine Figur in einer bekannten Comic-Serie. Killekille, haha.

Du fragtest einmal, ob du zwischen mir und der Frau wählen müßtest. Ich sagte nein. Soweit dachte ich gar nicht. Weswegen sollte ich verlangen, daß jemand zwischen jemandem wählen sollte? Da habe ich mich nicht einzumischen. Wenn eine Person irgendwo in der Stadt eine andere verläßt, dann werde ich dieses Thema nicht anschneiden. Und ich war's zufrieden. Wenn du zu mir kamst, wußte ich, daß du eine Stunde bleiben konntest, zwei Stunden, drei Stunden. Ich hätte dich gern länger behalten, aber das stand nicht zur Debatte. Erinnerst du dich, wie es bei mir war? Und wenn du dich erinnerst, wie kannst du dann Schluß machen?

Schluß machen womit?

Schlußmachen ist genauso unsicher für dich wie Weitermachen. Denn du weißt nicht, womit du Schluß machst. Bevor du Schluß gemacht hast.

Sind unsere Tage gezählt? / Wenn sie gezählt sind / dann waren es genau einhundert / Von jenem kürzesten / bis zum ersten APRIL.

Mai ist unterwegs. Mit Himmelfahrt, Pfingsten. Erster Mai.

Du kommst maunzend im Mai
und sagst, daß du nicht verstehst miaumiaumiau wie es dir einfallen konnte, Schluß machen zu wollen.
Miauuuuuuuuu

Wenn du nicht kommst, bin ich gewesen

Einhundert Tage lang
Kunstherzempfänger
und
das wäre gewiß mit Trauer verbunden.

ENTZUG = GEDÄCHTNISSCHWUND

Dein Entzug läßt sich nur mit Gedächtnisschwund erklären. Du hattest aufgehört, dich zu erinnern, als du zurückkamst. An Worte in der Dunkelheit, an einen besiegelnden Kuß auf ein Ohr, das hörte. Der Mann ohne Gedächtnis. Ihm stehen die Wege der Lüge offen.

Du bandst mir einen Stein ans Bein
mich zu ertränken

in Schwerelosigkeit.

Sinke ich wie nichts. Abwärts im All.

Blubb blubb. Luftblasen. An der Oberfläche des Himmels.

* * *

In Abwesenheit des Herzens
gibt's nichts zu berichten

* * *

Habe ich richtig gehört? EIN STÜCK LEBEN ohnedichohnedichohnedichohnedichohnedich? VERZEIH, daß ich existierte. Ich habe deine Ruhe unrechtmäßig gestört. Du bist jünger als ich und ein wenig unschuldig. Vielleicht weiß ich am wenigsten, was in dir vorgeht.

Obwohl es dir verdächtig gutgeht. Dem Anschein nach
im Lehrerzimmer.
Im grauen Sessel am Fenster.
Häuslich mit Pfeife.
Kaffeelich mit Kaffee.
Mein Juwel.
Ehemaliges.
Es tut mir so weh, dich zu sehen.
Fühlbar weh.

* * *

In Abwesenheit des Herzens
flicke ich dir am Zeug

Heute bin ich ungewöhnlich geschwollen. Die grünen schrägen Augen sinken ein. Ich weiß, warum das so ist. Der Pseudophilosoph mit der Pfeife. Dem penetranten Sweet Dublin-Geruch. Schaust mich teilnahmsvoll an. Daß du es wagst. Die Traumkönigin so anzuschauen. Gemeiner Joker. Paß bloß auf, daß du nichts sagst. Sonst haut dir die Königin eine runter. Quer über den vollbesetzten Tisch.

* * *

Du am Steuer hinaus ins Grüne. Ich im Sicherheitsgurt an deiner Seite. Kann nicht sprechen vor sentimentaler Schluchzerei, sondern nur sagen: Du Kleingeist. Machst die große Liebe zu einer Bagatelle. Du Unmensch. Der vor Abenteuer zurückschreckt. Das Männchen hält den Mund. Bei totalem Herbstwetter steht Sommermorast kurz bevor. Natur faulig und matschtriefend. Kann nicht ekliger werden. Beerdigung der Jahreszeiten.

In Abwesenheit des Herzens
bist du mein Genosse Tod

* * *

Zusammen beim alten Theater am Stadtteich. Sagten um fünf Uhr wenig, die Frühjahrssonne high. Das Vogelleben, für mich ein Buch mit sieben Siegeln, ist in vollem Gang. Er hat mich angeschaut wie früher, es fehlte nicht viel, und er hätte mich berührt. Vor dem Theater. Bald kommt der Juni mit dem längsten Tag und er wieder zu mir. Mag mich nicht missen. Er kann mit der anderen wohnen, wenn ihm das besser gefällt. Aber er soll manchmal bei mir sein. Das ist eine heilige Pflicht. Wir können nicht anders leben. Nichts, was den Namen Leben verdient. Er hat sich EINES BESSEREN BESONNEN. Ich darf ihn nicht merken lassen, daß ich triumphiere. Außerdem tu ich es gar nicht. Ich bin demütig und danke dem Herrn. Mein Freund verabschiedet sich milde wie ein Bischof mit poliertem Antlitz und Pfirsichmund. Mein Freund kommt wieder und unterschreibt einen Freibrief für mich. Das Recht darauf, ihm lebenslänglich Netzanschluß an meine Liebe zu gewähren.

* * *

DIE HOFFNUNG auf dich, ein laues Gummiband,
UMWICKELT mich vom Scheitel bis zur Sohle

Die Mumie im Salon
hängt aufgewickelt
hoch
an lauwarmer Hoffnung.

* * *

Alles Täuschung. Er hat nichts vor.

Wenn du nichts vorhast, dann schau mich nicht so an
wie früher.

* * *

Überlegst du noch? Wähle uns. Kreuz Alda an.

Propaganda im Wahllokal untersagt.

Großer Einfaltspinsel. Glaubst du, daß ich dich nicht wieder kapern könnte, wenn mir daran gelegen wäre? No problem. Aber es ist unter meiner Würde, Strategien auszudenken, um dich, der du so sehr in höheren Regionen schwebst, bodenständig zu machen. Ich weiß, was du an meiner Stelle machen würdest. Du würdest Sweet Dublin paffen, den richtigen Weg ausklügeln und ihn dann gehen. Aber ich bin nicht so. Entweder kommst du, Memme, oder du läßt es bleiben. Basta. Mit italienischem Akzent.

* * *

Wenn du doch verstehen würdest, wie ernst die Sache ist. Wann wirst du das finden, was du mit mir fandst? Mußt dein ganzes Leben suchen. Glaubst manchmal, daß du gefunden hast. Siehst hinterher, daß es das nicht war. Dein Leben wird auf ewig armselig. Begreifst du überhaupt nichts? Wir sind die einzigen Menschen, die zusammenpassen. Willst du uns wirklich alt werden und jeden in seiner Ecke sterben lassen? Willst du dich wirklich mir wegnehmen? Willst du uns wirklich uns wegnehmen?

* * *

Dein Blick ist nicht vieldeutig, sondern eindeutig. Er hält sich auf seiner Bahn. Unbeirrt. An mir vorbei.
Es ist gekommen, wie ich befürchtete. Der Grillenfänger kam. Löst das Ende des Gummis. Läßt es auf mich zurückschnellen, klatsch! Das Hoffnungsgummi schlackert zu Boden. Ich bin die Mumie. Mit Pomp und Plumps.

* * *

Durch unsere traurigen Angelegenheiten blicke ich nicht durch. Sie haben sich als komplizierter erwiesen als alles andere. Um dich würde ich alles geben. Bruder in Glorie. Oh, wie du mich ergänztest.

Dreiköpfiger Liebestroll. Frostriese der Zärtlichkeit. Sich mit dir zusammentun heißt falsch sein.

Ich bezichtige dich der Rankünen. Begehre dich im Grünen.

Überall in grasigen Mulden nenne ich deinen Namen, Herr.

Überall in grasigen Mulden erweise ich dir meine Reverenz.

Überall in grasigen Mulden habe ich Erinnerungen, Herr.

* * *

Reist ins Ausland, wenn die dunkle Zeit endlich vorbei ist. Kommt zurück, aber nicht zu mir.

Unsere Tage waren voraussehbarer Unfug. Ich hatte niemanden zur Seite wie dich, was immer unter der absurden Sonne passierte. Mit Schrecken besteckt.

Bald geht die Sonne nicht unter.

Blut schwitzen Backpflaumensteine.

Hinkender, glatzköpfiger Speckteddy, nimm mich in die Arme.

Leichenschmaus der Liebe

Auf dem Gang durchs Sargland.
Darf man dir einen weißen anbieten. Sarg in voller Größe,
um zwei ausgeschnittene Herzen hineinzulegen.

Tragen wir die sterblichen Überreste des Herzens zu Grabe.
Mitten im Leben sind wir vom Tod umfangen.

Am Rande dieser Gruft.

Der Körper bleibt zurück. Der Körper ist nicht frei.

Hoffentlich verheilen die Schnitte
in unser beider Brust
um kein Herz herum. Um ein unendliches Loch herum.

* * *

Denn das Herz war größer als ich dachte
und anders als das, was an Wände gekritzelt wird.

* * *

Einen wunderschönen Tag, lieber Pu der Bär auf dem Austurvöllur, bei der Statue von Jón Sigurdsson. Nett dich zu treffen. Schulabschluß bei den Schülern dieser Tage, nicht wahr? Ja natürlich. Werde den nächsten Winter im Ausland sein. Schön für dich. Nach Oxford, aha. Weiterstudieren. Merkst mir heute auch nicht das geringste an. Nein. Erstaunt? Ja, du bist erstaunt. Dachtest, ich sei bedauernswert. Wirst etwas blaß. Ciao, Teddy, ich bin in Eile, gute Reise, wenn ich dich nicht mehr sehe.

* * *

Nur gut, daß man sich eines Besseren besonnen hat, liebe Alma. Ich sag's dir. So ein Blödsinn mit diesem Knaben, der keine besonders verfeinerte Intelligenz aufzuweisen hatte und womöglich ein gemeiner Mensch ist. Nein, im Ernst, ich bin wirklich nicht mehr interessiert. Traf ihn heute, und es hat mir nichts ausgemacht. Keine weichen Knie, der Puls gleichmäßig und ruhig, kein ausgetrockneter Mund. Ging um die Ecke und vergaß, daß ich ihn getroffen hatte. Irgendwann mußte es ja einmal dazu kommen. Nur eine Zeitfrage, wann man gesund geschrieben wird. Einige Wochen sind eine reelle Zeit, um sich von einer plötzlichen Erkrankung zu erholen. Natürlich war es eine richtige Krankheit, liebe Alma. Sei froh, daß es dir nie passiert ist. Es wird nicht wieder vorkommen. Hast dir Sorgen um mich gemacht, ist ja verständlich. Ich fahre im August nach Andalusien.

* * *

Abend im Juni. Der Abend vor dem längsten Tag. Du kommst, um mich abzuholen. Ich werde von dir gefahren. Der Schöpfer des Himmels und der Erde ist mir gnädig. Zum letztenmal. Ich darf nicht so denken. Im roten Auto bei dir. Die Stadt im Sonnenglanz, eine gläserne Welt, durch eine Linse betrachtet. Alles ist klar. Wie die Gesichtsfarbe des Mannes und das glänzende Haar. Mein Freund braucht keine Brillantine. Das Haar paßt zum grünsten Gras in der Stadt. Auch seine Seele leuchtet. Von der gleichen Art wie die Millionen von Butterblumen, die Laugardalur* beleuchten in Konkurrenz zu ihrer Mutter: Goldauge droben, die Allroundsaatkartoffel. Den Abkömmlingen sendet sie Strahlenwurzeln von oben, damit sie drunten gedeihen.

Schau mal, Snfellsjökull wolkenlos, sagst du.

Ohne zu zögern, sage ich: Er ist mein Trost da drüben, immer wenn das Wetter danach ist.**

Wir wollen zu einem Konzert. Zum Gedenken an den Sommer, den wir verpassen. Zum Gedenken an den Sommer, den wir uns verdient haben. Den wir verdient gehabt hätten. Wir Winterkinder. Die keine Jahreszeiten ernteten.

Im Sitz neben dir habe ich Farbe von der Sonne bekommen. Schön und attraktiv nach einem Tag Aufwärmen. Dachte logisch, schaute bezaubernd in den Spiegel. Schöner werde ich nicht. Genieß es, mein Freund. Behalt mich so in Erinnerung.

Du, der du wie der Sänger bist. Auf deine Weise. Der beste auf der Welt.

* Laugardalur: Große Park- und Sportanlage im Herzen von Reykjavík.

** Snæfellsjökull: Gletschergekrönter, fast 1600 m hoher Vulkan an der äußersten Spitze der Halbinsel Snæfellsnes. An klaren Tagen ist dieser Berg von Reykjavík aus gut zu sehen, obwohl die Entfernung in der Luftlinie über 100 km beträgt.

Kann ich das wirklich glauben: Ich saß hier neben dir Braungebranntem mit sonngebleichtem Haar. Während er singt. Das, was du hättest singen wollen. Für mich. Wir schauen einander an. Wir sind hier nur, um zu hören. Dasselbe zu hören.

Danach. Sechster Stock. Die Stadt tut sich auf: der Sund, die Inseln, der Gletscher, Esja*. Das Getränk ist rot. Wir trinken aus. Gehen dann, ich zu mir und du zu dir. Bloß nicht denken. An nichts. Aber da ist so ein Ziehen in der Seele. Vor allem wenn du lächelst. Wenn du speziell für mich lächelst.

Wir leben jetzt unsere schönste Zeit.

Das hast du gesagt. Habe ich richtig gehört. Mein Freund.

Sagst du es aus einer großherzigen Anwandlung heraus, oder sagst du es, damit ich aufhöre zu hoffen? Ich, die ich nicht einmal weiß, ob ich hoffe. Ich, die ich nicht einmal weiß, was es bedeutet. Seine schönste Zeit leben.

Heute abend bist du weich, nicht hart, nur lieb, nicht kalt. Dieses Blau in deinen Augen ist zwar eine kalte Farbe, aber dementgegen sind jetzt deine Augen in der Sonne, die im gleichen Moment aufgeht, wo sie untergegangen ist.

* * *

Ein Antlitz mit Augen aus Wolken/ ein Einzelantlitz bei schwieriger Aufgabe/ mich anzulächeln ohne zu weinen/bezauberndes Antlitz/ in den letzten Stunden/ bezauberndes Antlitz/ mit Augen aus Wolken/ dunkelblauen Wolken/ eilt mir davon

* * *

Vom Meer angetriebene Geliebte zu Hause. Baumelt im nachtlosen Zimmer. Schaut mit halbgeschlossenen Augen hinüber

* Esja: 914 m hoher Berg nördlich von Reykjavík, sozusagen ein Wahrzeichen der Stadt.

nach Álftanes. Mit unsern Arien in den Ohren. Vom Meer angetriebene Geliebte in langem Nachthemd. Mit aufgelöstem Haar bis auf die Brust hinab.

Um vier Uhr spiegelt sich eine pralle Sonne in Fenstern. Um fünf Uhr glühen Fenster und Gras. Der Gesang ist gleich deinen ungesagten Worten.

Wer weiß, ob mein großer Freund im Hlidarviertel nicht auch wacht. Wer weiß, ob er nicht auf die Scheiben der Nachbarhäuser blickt, die jetzt ein Spiegel in der Sonne sind. Wer weiß, ob er nicht rastlos bei den Tannen auf Öskjuhlíd herumwandert, um Sonnenuntergang und Sonnenaufgang zusammenfließen zu sehen.

Ich weiß nicht, wo mein Freund wandelt. Mein Freund im anderen Stadtteil. Und ich hocke hier zu Hause und werde nie zu wissen bekommen, wo mein Freund wandelt.

Bin ich dazu verurteilt, schlapp einherzuschleichen? Während andere spurten?

* * *

Den Wellen des Meeres ist das Ufer langersehnt.
Ozean ohne Ufer = Ozean ohne Universum.
Seine Wellen schlagen nirgendwo an. Werden nie zurückgesogen.

Mir Alda ist nicht zu helfen. Welle Alda ohne Land. Immer gleich hoch auf steter Fahrt über den Ozean. Ohne Strandberührung. Keine Hoffnung auf natürliche Flut. Alda. Verurteilt zum Treiben. Stolz übers Meer. Ewige Welle Alda. Ohne Wellental. In der Talschonung der Fische.

Jeden Morgen, wenn die Sonne sich an eurem Haus hoch-
schlängelt

hat sie Zugang zu deinen Ohren, die andere Frau, o weh.

Wie ausgegossenes Gift
in deinen Gehörgang. Besamt sie dich mit Gedanken.

Die was weiß ich erzeugen. Mit ihrer Beteiligung.
Zu ihrem Vorteil. O je.

Hilf mir, hilf mir, süßlicher Niemand, o weh.

DIE EINLADUNG

Partnerlose Party Ende Juni. Ein dämlicher Einfall von Sportlehrerin Hildur. Zum erstenmal sehe ich dich betrunken. Wie vulgär du sein kannst. Die Gastgeberin zu betätscheln. Nur ein paar Tage, seit wir, du und ich, unsere schönste Zeit lebten. Es macht dir nichts aus, zu zerstören und zu besudeln. Kneifst ekelhaft. Vor Aldas Augen. Das ist nicht gestattet. Wie kannst du so etwas über dich bringen, in meiner Gegenwart. Du, der du mir die Berührung verweigerst. Bitte laß das. Verschone mich. Ich kann hier nicht bleiben. Mir ist schlecht. Der Taxifahrer hält auf Hringbraut für mich an, damit ich mich übergeben kann. Ich krieche die Treppen zu mir hinauf. Liebste Alma. Komm. Alma. Liebste Schwester. Hilf mir. Ich kann nicht weiterleben.

Das macht er nicht, um mich zu provozieren, sondern um sich von mir zu befreien. Er wendet gemeine Methoden an, weil er ein gemeiner Mensch ist. Ein feiner Mensch würde niemals seine ehemalige Geliebte nur so zum Spaß foltern. Ich wünschte, du hättest dich nicht selbst entlarvt. Warum darf ich dich nicht intakt und rein in Erinnerung behalten, sondern nur als Unmensch, mit zwei Menschenleben auf dem Gewissen? Meinem und deinem.

* * *

Juli. Sturm und Regen. Die wenigen Tage, wo das Wetter gut ist, kann ich kaum je ein Sonnenbad nehmen, denn aus irgendwelchen Gründen überkommt mich dabei die Erinnerung an Selbstmörder Steindór Einarsson. Wer weiß, ob ich mich nicht mit ihm zusammengetan hätte, wenn er nicht all diese Kinder gehabt hätte. Es wäre nie in Frage gekommen, sich mit ihm zusammenzutun, weil er all diese Kinder hatte. Ich stieß den Mann von mir, damit die Kinder nicht vaterlos würden. Sie wurden vaterlos, weil ich ihn von mir stieß. Es ärgert mich maßlos, in solche Unlogik involviert gewesen zu sein.

Gleichzeitig erinnere ich mich daran, daß seine Frau keine Ahnung von der heimlichen Geliebten hatte. Wäre ich gezwungen gewesen, nach Steindórs nassem Tod »unsere Angelegenheiten« mit ihr zu besprechen, hätte ich mich unverzüglich ins gleiche Meer geworfen. Eine Frau in Aufruhr! Redet mit mir über sich und mich und ihren Mann! Gott ist barmherzig, mir das zu ersparen.

* * *

Tag für Tag. Sogenannter Sommer. Am ehesten halte ich es beim Spazierengehen aus. Daheim am Meeresufer. Mit Blick auf die Bergkette von Reykjanes. Schwester Alma ist keine Stütze und erst recht nicht Sigga in den Ferien auf dem Land. Alma kocht jetzt immer. Auch sonntags. Sie kann nicht kochen. Jetzt will sie mit mir nach Andalusien. Egill kam dieser Tage vorbei, wollte sich aber nicht aufhalten.

* * *

Ich sehe dich nie. Du tauchst nirgendwo auf. Auf dem Weg nach Oxford. Ich will dich unbedingt vorher sehen. Bevor ich dich verliere. Außer Landes, aus den Händen.

* * *

Am dritten Tag bekam ich Verbindung. Blöde, immer wieder aufzulegen, wenn die Frau antwortet, könnte Verdacht erwekken. Obwohl es jetzt zu spät ist, Verdacht zu schöpfen.

Stimme etwas zurückhaltend. Sagst aber, daß du allein zu Hause bist. Willst mich treffen. Richtiger gesagt: Willigst ein, mich zu treffen. Im Schwimmbad. Treffen uns mitten im Wasser. Damit es nur ja nicht zu intim wird.

Ich schlage nicht vor, daß du zu mir nach Hause kommst. Ich will dich nicht mit Vorschlägen frustrieren. Junge Männer müssen ihren Kurs einhalten.

Komm schnell, morgiger Tag. Damit ich Teddy beäugen kann.

Springt in blauer Badehose ins Wasser. Schwimmen zusammen. Die Sonne spielt im Wasser. Politisch und gesellschaftlich aktuelle Themen. Ich darf dich nicht mit weinerlicher Stimme genieren. Ich plansche im Wasser und tue so, als ob. Es schmerzt mich in der Seele, dich zu sehen. Ich sage plötzlich zu dir:

Ich vermisse dich so.

Ja.

Ich weiß, was das Ja bedeutet. Es bedeutet: Ich dich auch. Aber du darfst nicht mehr sagen als ja. Weil du gingst. Dich mir entzogen hast. Mußtest gehen. Aus irgendwelchen Gründen. Aus deinen Gründen. Und du wolltest auch gehen. Ich könnte es vielleicht ändern, aber darf ich das? Wäre das schön von mir? Dir gegenüber? Oder wäre es einfach nur schön? Dich zur Raison zu bringen. Den Mann, der das Leben vor sich hat. Ein Leben. Nicht mehr und nicht weniger.

Ich weine unter Wasser. Wegen deiner schönen Beine, die stets und ständig andere Wege gehen müssen als meine. Du zeigst sie ein wenig im heißen Pool. Wohlgeformt wie dein Auftreten. In den Waden und Knöcheln spiegelt sich speziell die schöne Seele wider. O teddyhafte immergrüne Seele.

Nach dem Schwimmen trinken wir Kaffee. Und du gibst mir ein Gedicht. In einem Umschlag, zum Aufmachen. Schämst dich für den Einfall. Gibst mir trotzdem das Gedicht. Damit ich etwas von ihm habe. Etwas, an das ich mich klammern kann. So wie die warmen Hände in früheren Zeiten.

Jetzt werde ich dich eine Ewigkeit nicht sehen. Ich banne dich vermittels präziser Beobachtung auf einen Film. Du schaust mich genauso an. Sorgfältig und genau. Denn die geistigen Bilder müssen uns wohl fortan genügen. Jetzt werde ich dich eine Ewigkeit nicht sehen. Und du darfst keinen Abschiedskuß küssen, denn fremde Augen an den umliegenden Tischen starren unentwegt.

* * *

Schmiedeeisen(bett) und Seiden(decke) waren die Stoffe, in denen wir uns regten.

* * *

Ich weiß, warum du mich verschmähtest. Ich war nicht die Frau, die du dir erhofftest.

Andalucía und Sankta Lucia sind sicherlich Schwestern. Zumindestens irgendwie verwandt. Alma und ich aßen pralle Oliven in Sevilla. An der Costa del Sol stoße ich auf eine isländische Zeitung. Da war ein Bild von dir, zum Glück schwarzweiß, denn man versucht unentwegt, das Blaue aus der Welt zu tilgen. Aufpassen, daß nicht alles Blaue einen an die zwei Glubschaugen erinnert, die alles noch schlimmer machten. Ich habe dein Bild herausgerissen und vorsichtshalber hinuntergeschlungen. Die Augusthitze ist unerträglich. Wann kann ich endlich zur richtigen Jahreszeit reisen? Ich halte mich an die Badewanne, und Alma döst unter einem Laken.

* * *

Ich weiß nicht, warum du mich verschmäht hast. Nichts stand uns im Wege. Außer vielleicht einer weiblichen Person. Nie und nimmer Alda ebenbürtig. Ich weiß nicht, warum. Wenn einer einen anderen verschmäht, ist der Grund nicht evident. Für uns, die wir verschmäht werden, hat es keinen Sinn, eine Antwort auf die Frage Warum zu suchen. Denn die Antwort ist nur das kosmische Darum.

* * *

Im September vergrabe ich die Herbstzwiebeln an ihrem Platz. Das Laub fällt mit Pracht. Fall Laub. Fallerifallera. Aufs Geratewohl.

Vor einem Jahr sah ich dich zum erstenmal.

Kleine Zwiebeln. Was werden sie, wenn sie hochkommen? Sie werden deine Augen. Blausterne. Mein Garten. Besudelt mit Augen. Mit Blüten bedreckt.

Wenn die Blausterne blühen, dann reiß ich dir die Augen aus, die mich eins nach dem anderen im Frühjahr verfolgen. Heraus mit dir Auge und Augen.

Ich gehe in den Garten mit einer Schaufel. Steche die Glubscher aus wie Schafmist. Werfe sie weg und verbrenne sie. Die dämlich blauen. Aus dem jungen Hohlkopf.

Deine blauen Augen spielten den grünen Augen übel mit.

Ich sehe jetzt, wieviel Unsinn du geschwafelt hast. Es ist natürlich normal, daß Schwafler schwafeln. Aber ich habe es nicht bemerkt. In deinen Augen schwebte ich über den Wassern.

Zartbesaitete heilige Einfalt in Weibsgestalt.

Du lagst ziemlich richtig damit.

* * *

Wessen hätte es bedurft? Um uns zu schweißen. Aneinander für immer.

Etwas, aber was bloß, hätte dazu geführt, daß du dich aus Banden löstest und lossagtest. Statt dessen Alda bekommen hättest. Um ihr einen Morgen zu entbieten, einen guten und schönen. Um ihr gute und schöne Tage zu bieten. Um ihr Jahre zu wünschen, frohe, neue.

Mein Freund, wessen hätte es bedurft?

Siehst du die Liebe rational? Ist es das Alter? Du, der du am besten weißt, daß wir Aldawellen ohne Alter sind.

Wessen hätte es bedurft?

Hätten wir uns vielleicht im Schnee eingraben sollen? Ganz in der Nähe menschlicher Siedlung erfrieren wie um die Jahrhundertwende?

Nein, auf moderne Weise erfrieren:

Mein Geliebter, im Garten ist eine praktische Schneewehe. Ich werde sie von innen aushöhlen und in der Dämmerung mit Kerzen und brühheißem Kaffee in der Thermoskanne auf dich warten. Kautabak kann ich ebenfalls beisteuern. Es ist genug Platz für die Schafe. In einer Spiegelscherbe sehen wir einen Teil unserer Gesichter bei flackerndem Licht. Und wir hoffen auf Niederschlag, damit unsere Wehe gedeiht und wir fast erfroren sind, bevor wir hineingehen und bläulich ins Bett kriechen. Wir schmelzen zusammen wie Schneemann und Schneefrau und erheben uns in den Wehen von morgen, wenn die Kinder aufstehen, um sich schöpferisch zu betätigen.

* * *

Um diese Zeit im vergangenen Frühling, wenn man es Frühling nennen kann, gingst du endgültig an meinem Garten vorbei.

Ich verlange noch immer nach dir.

Tu's bitte:

Sei der Schnee am Hang

Ich der Schnee auf der Wiese

Zusammen in der Sonne schmelzen

Der Bach am Haus hoppsa
auf dem Weg in den Fluß: werden wir

* * *

1. April

Mein Herz,

Jetzt ist ein Jahr vergangen, seitdem wir uns verabschiedeten, und hoffentlich hilft mir Gott, denn du tust es ja nicht. Einjähriges Jubiläum des Abschieds. Heute. Ich wollte es mir keineswegs merken. Kann es bloß nicht so ohne weiteres vergessen. Ich wollte lernen, nicht an dich zu denken, weder früh noch spät.

Mitten am Tag
ich legte mich mitten am Tag
ins doppelte Bett
wo niemand glücklicher war.

Ist mir damit geholfen zu wissen: So ist Wohlgefallen

Kann ich etwas beruhigter sterben, weil einmal ein Teddy war?

Soll das heißen, daß ich besser leben kann, weil wir einmal waren?

Beieinander.

Zusammen.

Wie Land und Meer
wie Öl und Feuer
wie Salz und Schnee.

Mitten am Tag
schlief ich ein
auf dem Elternbett, leicht überspannt

Wissend, daß der unendliche Ozean. Trockene Tränen weint.

* * *

Barcelona Ende Mai

Mein Freund,

du bist übel dran, da du nie in Barcelona gewesen bist. Erinnerst du dich an die alte Tanzmelodie, den Schlager:

Zwei rote Lippen und ein rosa Tarragona
Das ist das Beste
In Barcelona.

Das sage ich nicht nur so dahin: Du bist übel dran, denn dies ist die schönste und interessanteste Stadt der Welt. So sehe ich es mit meinen neutralen Augen. Persönlich finde ich es hier weder schön noch interessant. Du von allen solltest das am besten verstehen. Die Erinnerung an dich, die vielleicht eher ständige Nähe genannt werden sollte, verstellt dem Auge den Blick.

Grauer Dunst hängt über der Stadt. Das macht mir nichts aus. Es ist eine Abwechslung zur Sauerstoffverpestung in nördlichen Breiten, die ein größeres Problem darstellt, als unsere Landsleute sich klarmachen.

Immer noch will ich dein Bestes, und ich hoffe inständig, daß du die Häuser von Gaudi zu sehen bekommst, bevor du das Zeitliche segnest. Er ist einer der wenigen Menschen auf der Welt, die Märchen zur Wirklichkeit werden ließen. Du müßtest seinen Garten hier sehen, Parque Guèll, um zu verstehen, was ich meine. Dem möchte ich noch hinzufügen, daß du und ich in der Tat auch zu der Gruppe der Auserwählten gehören, die Märchen zur Wirklichkeit werden ließen. Damit meine ich selbstverständlich die Verbindung zwischen uns. Das Märchen der einhundert Tage. Es ist schade zu wissen, daß du so töricht warst, mir mittendrin den Laufpaß zu geben, anstatt darauf zu warten, daß sich die Liebe als Faktum erweist, und uns zu gestatten, auf Dauer zu überdauern. Deswegen sitzen wir da, freudlos, du in Oxford, ich in Barcelona.

Ein merkwürdiger Einfall von dir, nach Oxford zu gehen. Konservativer Jugendbewegter. Du paßt nicht zu dem berühmten Akzent. Und die arme Frau. Was macht sie in Oxford? Auf Kinder aufpassen? Wäscht sie Teller in einem Restaurant? Das ist ein schlagender Beweis für deinen Egoismus, daß du das arme Mädchen mit dir in diese Hochburg der Bildung geschleppt hast. Ich weiß, daß es in Oxford langweilig ist, obwohl ich nie dort gewesen bin. Geistlose Turmspitzen recken sich in den Himmel. Und du bist nicht einmal in Barcelona gewesen. Du bist überhaupt nicht gereist. Hast gerade mal deine Fußspitze auf mexikanischen Boden gesetzt. Und davor warst du zwei Wochen in Dänemark und eine in England. Dumm ist, wer daheim bleibt. Das bewahrheitet sich an dir.

Du glaubst vielleicht, ich übertreibe, aber die Wahrheit ist die, daß hier alles schmeckt, was auf den Tisch kommt. Sogar eine gewöhnliche Tomate ist eine Köstlichkeit. Und ganz normaler Salat vor dem Essen. Ich weiß, daß du das zu schätzen wüßtest. Du bist wie geschaffen für diese Stadt.

Ich war so klug, mich im interessantesten Teil der Stadt einzuquartieren, Barreo Gotico, dem alten jüdischen Viertel. Hier liegt ständig ein leicht penetranter Geruch in der Luft. Hier sind die engen Gassen verkleistert und tote Fliegen überall. Um zehn Uhr vormittags steigt Bratgeruch zu mir hoch, und allgemeiner Spektakel wird inszeniert: gesprochene Sprache (natürlich Katalanisch), Gehuste, Gezeter, sogar Gesang und Instrumentenspiel.

Ich habe drei alte Weinkeller entdeckt, ganz in der Nähe meiner Unterkunft. Wenn man abends dahinkommt, werden vielleicht gerade Sardinen gebraten. Manchmal futtert man sie aus braunem Papier. Eine Delikatesse. Und die kleinen Kinder dürfen abends mit Papa und Mama ausgehen, sie lassen nackte Beine in den Bodegas baumeln und probieren verdünnten Rotwein. Fremde Länder, fremde Sitten, sagst du. In manch einer kleinen Kneipe habe ich mich an dem einen oder anderen Madeira delektiert. Es ist gar kein übler Trick, nach einer Kostprobe eine halbe Stunde zu laufen, einen anderen Keller zu finden und sich mehr vom Faß zapfen zu lassen.

Im Geiste sehe ich dich herumschleichen. Lieber alter Freund. In einem Schuhgeschäft auf der Caille Fernando. Hinter den Blumenbergen auf den Ramblas.

Eine bunte Welt ist das hier. Und der Schein trügt manchmal, ganz anders als auf der armen Insel da oben im Norden. Da ist eine Bibliothek eine Bibliothek. Hier ist eine Bibliothek ein möblierter Garten Eden mit Schmuckfliesen. Ich verwette meinen Kopf, daß in Oxford eine Bibliothek eine Bibliothek ist und nichts anderes, mag sie auch historisch sein.

Mir steht nicht der Sinn nach Gemäldegalerien. Die Kulturschätze dort mögen in Frieden ruhen. Ich habe nur Lust, hocherhobenen Hauptes in der brodelnden Hitze herumzuflanieren.

Laß es dir gut gehen, Alter, und viel Erfolg beim Studium,

Deine Freundin
Alda O Ívarsen

Hotel KEA am ersten Wochenende im August.
Akureyri

Abendfrieden ohne einen Hauch. Hier unten im Hotel ist ein irrer Ball im Gange, ich habe mir schon einen Campari genehmigt und überlege hin und her, ob ich mich ins Gewühl mischen sollte. Wie wär's, sich einen Liebhaber aus Nordisland zuzulegen? Ob ihre Umarmungen genauso präzis sind wie ihre

Aussprache? Das ist eine Sache, die unbedingt untersucht werden sollte und kaum Aufschub duldet.

Hör zu, mein Herz.

Ich mußte derartig lachen, als ich zu diesem provinziellsten Ball der Welt heruntergekommen war, daß alle schmutzigen Hintergedanken wie weggeblasen waren, ich ging an die Bar und verfiel bei weiterem Campari in einen introvertierten Lachkrampf. Sie stürzten sich auf mich wie die Fliegen. Mein Gott, waren das plumpe Gestalten, die mich heute abend besteigen wollten. Ich gebe zu, da war einer mit beinahe solchen Augen wie deinen, und es kam mir ganz flüchtig in den Sinn, zuzugreifen. Nein. Das war alles so komisch, daß ich mich kaputtgelacht und nie und nimmer über mich gebracht hätte, dieses oder gar jenes mit ihnen zu machen. Ich schwöre dir, sie haben nach Kuhstall gerochen, und ich begreife nicht, wie es ihnen einfiel, daß ich, ICH eine Nummer mit ihnen schieben könnte. AUSGERECHNET ICH in meinem enganliegenden Jerseykleid mit dreifachem Gold um den Hals und den antiken Ringen meiner GROSSMUTTER. Ich, die Tochter von Obermedizinalrat Ívarsen. Habt ihr den Verstand verloren, Jungs?

Sagte aber nur: Keine Hektik. Als zwei auf einmal mich auffordern wollten und sich gegenseitig ein Bein stellten wie in der Kindervorstellung und sich an Säulen festhielten, um nicht hinzufallen. Sie hatten Brillantine in den Haaren, ich schwör's, auch der mit den beinahe deinen Augen, und hatten mich gerade mit dem roten Getränk überschüttet.

Ich bin nicht frei, sagte ich und ging. Das ist natürlich mehr als wahr, wie Sie wohl am besten wissen. Oder wissen Sie es nicht?

Mein Körper ist zwar frei und in brauchbarer Verfassung, aber die Seele ist auf einer Insel in südlichen Meeren bei Ihnen.

Mit Grüßen von Ihrer bis zum Tod
kalten Alda

Sörlaskjól im Okt

Hallo, lieber Freund,
und herzlichen Dank für deinen Brief. Wie schön, daß alles bei dir so gut läuft. Es liegt auf der Hand, daß du besonderes Glück mit dem Professor gehabt hast. Wie gut ich euch verstehe, daß ihr im Sommer nicht nach Island kommen wollt, natürlich ist es viel sinnvoller, das Geld für Reisen in Europa zu verwenden. Es macht keinen guten Eindruck, wenn man nie in Italien gewesen ist. Ich bin erleichtert, daß ihr dem jetzt abhelfen wollt. Ihr müßt wirklich euren Horizont erweitern, und ihr habt hoffentlich auch etwas für die Bildung getan und euch Zeit für Museen genommen. Das dürfte doch für Leute mit eigenem Auto kein Problem sein. Es war immer mein Traum, so im Ausland zu reisen. Die Reise voll und ganz selber zu bestimmen und niemals Gepäck schleppen zu müssen, weil es immer an seinem Platz im Auto ist. Diese schreckliche Kofferschlepperei finde ich das Schlimmste bei Reisen. Unpraktisch, keinen Mann fürs Schwerste zu haben. Weil einem die Kraft in den Armen fehlt, obwohl der Schöpfer sonst gute Arbeit bei mir geleistet hat.

War es nicht problematisch für euch, kein Italienisch zu können? Selbstverständlich kann man eine Reise nicht voll und ganz genießen, wenn man die Landessprache nicht versteht. Ich stehe in dieser Hinsicht natürlich hervorragend da, weil ich so gut in romanischen Sprachen bin. Man kann überall zurechtkommen. Es wäre schon etwas ganz anderes für dich gewesen, mich zu haben. Mich auf italienisch nach dem Weg fragen, Wein und Essen bestellen zu lassen. Du bewunderst meine Sprachbegabung und wie gut ich mich mit Essen und Weinen auskenne, und ich streichle deine herrlichen Beine und reibe sie mit Sonnenöl ein. Dann stürmst du blendende Erscheinung über den Petersplatz und blickst in alle Richtungen, ob da nicht Mann für Mann diese phantastische Frau an deiner Seite bewundert, und wenn einer pfeift, dann gehst du zu ihm hin und sagst: Und außerdem spricht sie neun Sprachen. Und der Italiener ruft: Bellissima, und wirft mir einen Handkuß zu.

Na, es hat keinen Sinn, das auszuwalzen. Ich hoffe, daß du da in Oxford anständig zu essen bekommst. Kochen ist noch nie die starke Seite des Engländers gewesen, und ich fände es eine Zumutung für deinen exquisiten Geschmack, ewig Steak und Kidney pie zu essen und geschmackloses Zeug wie Bacon and Eggs oder Würstchen in ranzigem Fett. Unangenehm bei Kidney pie und anderem Nierenzeug ist der Ammoniakgeschmack. Das paßt nicht zu einem kultivierten Menschen wie dir. Kultiviertheit ohne Affektiertheit ist eine unwiderstehliche Eigenschaft bei männlichen Wesen. Und Sinn für gutes Essen. Wie du ihn hast.

Erinnerst du dich an das einzige Mal, als ich zu dir nach Hause kam und so brav im Wohnzimmersofa saß, während du in der Küche Käsetoast machtest? Dieser Toast hatte ganz besonderen Charme. Der Käse war haargenau korrekt geschmolzen, keine Gummifäden, und du hast ihn mit gefühlvoller Akribie gewürzt. Ich habe dich noch wochenlang danach für diesen Käsetoast bewundert. Nach dem Essen meintest du, daß du irgendwann einmal anständig für mich kochen würdest. Das hättest du bestimmt getan, wenn es die Umstände erlaubt hätten. Du wolltest, daß ich gut äße, um gesund und stark zu sein. Du wolltest, daß ich gut schliefe, um glatt und schön zu sein. Einem Mann wie dir ist körperliches Wohlbefinden immer wichtig. Mir durfte nie kalt sein, erinnere ich mich, und als ich aus dem Bad kam, hast du mich abgetrocknet, auch hinter den Ohren. Ein Mann wie du macht alles gründlich. Auch lächeln.

Jetzt muß ich mich aber beeilen. Ich muß schnell in die Stadt und den Brief auf die Post bringen. Schreibe später ausführlicher. Viele Grüße.

Deine Deutsch- und Englischlehrerin
Alda

PS Morgen habe ich Geburtstag. Sie haben mich im Lehrerzimmer wohl ganz und gar vergessen. Erinnerst du dich, wie ich dich auf dem Friedhof im Tor getroffen habe und du kamst später und hast Torte gegessen? Herrje. Da hat man noch nicht geahnt, wie es kommen würde. Ist das nicht das leibhaftige Leben? Hat man jemals eine Ahnung, wie es weitergeht?

Deine obige

Sörlaskjól im Mai

Der Winter war hart. Ich erwarte dein Kommen. Aus ausländischer Verbannung.

Du kommst Ende Mai / für immer zurück zu mir / Gingst auf Reisen / am ersten April / Kommst jetzt endlich nach Hause / zwei Jahre später.

Warst in der Ferne
länger als geplant. Kamst nicht zurück von Mexiko.
Kommst zurück zu mir aus Oxford.
Eine unerwartete Komplikation. Aber ich verzeihe die Verspätung. Balsamiert mit Hoffnungsbalsam. Eingesponnen in Wunsch und Denken.

* * *

Im Mai sind die Nachmittage am Sonnenkreislauf befestigt
bei Schafspfaden, die sich durch die Schlucht und hinunter schlängeln.
Wieder hinauf auf die Hügel, hinauf zu mir.

Barfuß auf Erde, die heiß ist, Fliegen nicken ein,
folge ich den Schwänen auf den Pfaden ins Hochland.
Da vereinigen sie sich endlich alle zu einem

Bei einem Fluß. Ich und Lumpi bauten einen Unterschlupf.
Goldregenpfeifer wachen schweigend über uns, wenn es dunkelt.
Jetzt werkle ich draußen und drinnen. Falls du mich suchst.
Denn nur mit dir kann ich allein wieder nach Hause zurückkehren.

* * *

Paris im August

Mon amour,
Ich nehme mich in acht, nichts Persönliches in diesem Brief zu schreiben, falls deine Frau ihn zufällig finden oder glatt aufmachen sollte, denn was auch immer man sonst über sie sagen kann, es ist stadtbekannt, wie frech und neugierig sie ist. Vielleicht hast du deswegen nach deiner Rückkehr keine Verbindung mit mir aufgenommen. Läßt einen den ganzen Sommer über warten.

In Paris spüre ich es so richtig, daß ich nicht auf Island zu Hause bin, ich bin hier zu Hause und in London, New York. Ich bin überhaupt nicht isländisch. Ich weiß vielleicht nicht so richtig, was ich bin, aber isländisch – absurd. In Paris bin ich eine unter vielen auf der Straße, falle gerade genügend auf, um mich einzufügen, bin smart wie die Französinnen, stark geschminkt wie die Französinnen und auch leicht beschwipst wie die Französinnen. Ich bin natürlich etwas größer als sie und mein Busen auch, aber schlank und zum Anbeißen wie sie. Wie könnte ich in meinem ausgeschnittenen hellbraunen Kleid leicht angeheitert durch Reykjavík flanieren, ohne für verrückt gehalten zu werden und Gefahr zu laufen, am Stadtteich verhaftet zu werden.

Mein Hotel ist am linken Ufer. Morgens esse ich frischgebakkene Croissants mit Marmelade und trinke Café au lait. Frühstück im Bett, mit Aussicht auf die Dächer in der Nähe und in eine Wohnung von besseren Leuten. Die verschanzen sich nicht wie alle auf Island. Merkwürdige Angewohnheit, diese Zuziehmanie dort. Dreifaches und vierfaches Vorhangsystem. Aber die feinen Leute von vis à vis haben auch nichts zu verbergen. Es ärgert mich, daß ich nicht so viele Antiquitäten besitze wie sie. Obwohl es bei mir zu Hause toll aussieht, macht es doch nichts her im Vergleich zum Feinsten vom Feinen. So ist es eben, wenn man in einem Unland geboren ist.

Ich höre französisches Radio und lese Dostojewskij bis mittags oder bis ich hungrig werde. Dann dusche ich, ziehe mich hübsch an, mache mich zurecht, stecke die Haare auf und gehe essen. Ich achte darauf, nur gute Restaurants zu besuchen und etwas Gutes zu bestellen. Dazu nur bessere Weinsorten. Ich schlendere durch die Straßen und beobachte die Menschen, bis es mir zu heiß wird. Dann setze ich mich in einem Lokal in den Schatten und bestelle starken schwarzen Kaffee. Das ist das beste bei Hitze. Wußtest du das? Unter dem Tisch ziehe ich die Schuhe aus, ohne daß es zu sehr auffällt, und tue so, als ob mich die Menschen auf dem Boulevard interessieren. Natürlich gehe ich auch in den Louvre und ins Kino. Habe gerade erst Arletty und Jean-Louis Barrault gesehen.

Du glaubst nicht, wie ich mich langweile. Nein, ich langweile mich nicht. Ich kann bloß nicht ohne dich leben. Aber irgendwie lebe ich. Mein Gott, wenn ich das alles geahnt hätte, dann wäre ich in dem Augenblick, als ich damals beim Schulanfang zum erstenmal zu dir aufblickte, nach Hause gelaufen, hätte alles zusammengepackt und wäre weggezogen, wohin auch immer. Nach Raufarhöfn*, wenn nötig.

Ich kann es kaum über mich bringen, dir zu schreiben, daß wir uns wohl nie abends im Bett französisches Fernsehen ansehen werden, ich muß für den Rest meines Lebens alleine fernsehen, und der Jardin du Luxembourg und Arletty werden ein Buch mit sieben Siegeln für uns bleiben, in Ewigkeit Amen. Auch Versailles. Es ist hart, dir das zu schreiben, aber was glaubst du, wie es erst ist, das zu durchleben. Und dann soll ich einfach meine Handtasche nehmen und mir Jean-Louis Barrault ansehen und in der Nähe der Sorbonne spazieren und die Knaben bis zum Anbruch der Dunkelheit meine Beine bewundern lassen. Ach.

Ich finde mich flotter als die Französinnen. Ich habe mehr Substanz. An den Passanten merke ich, daß ich außerordentlich attraktiv bin. Natürlich könnte man einmal einen Franzosen in Betracht ziehen, es wäre besonders einfach jetzt, wo Alma und Sigga nicht dabeisind. Die Männer haben sich in dieser Woche häufig nach mir umgedreht. Einige steigen mir nach. Ich kenne keine Angstgefühle, ich bin eine Frau, die niemand wagen würde zu vergewaltigen. Aber wenn es dazu käme, habe ich mir schon lange überlegt, was das beste wäre. Einfach alles über mich ergehen lassen. Was bedeutet schon ein Schwanz mehr oder weniger für mich. Und ich würde mich auch kein bißchen verändern, selbst wenn irgendein Psychopath mich vergewaltigen würde. Nein. Daß so ein Vorfall mein Leben fortan dominieren sollte und mich zum Beispiel zum Hasenfuß machen sollte. Nein. Nein, ich würde mich einfach in die Horizontale begeben, was ja schon oft vorgekommen ist, ohne daß es mir etwas ausgemacht hätte, und aufpassen, daß man mich

* Raufarhöfn: Ortschaft im äußersten Nordosten von Island.

nicht mißhandelt. Ich bin davon überzeugt, daß viele Frauen in ihrer Einstellung zu Vergewaltigungen mit mir übereinstimmen könnten. Aber so ist es mit den Leuten. Sie sind niemals auf etwas vorbereitet. Deswegen werden sie so total überrascht, wenn etwas passiert. Anstatt so zu denken wie ich: Soso, da bist du ja endlich, du verdammter Schmutzfink und Waschlappen, kannst keinen Rock in Frieden lassen und machst es dir zunutze, daß du körperlich stärker bist.

Schwester Alma ist immer unruhig meinetwegen. Sie will unbedingt, daß ich mich bewaffne. Das fehlte ja gerade noch. Alda bewaffnet! Gefährlich genug unbewaffnet.

Ich lauschte der Orgel in Notre Dame. Du hast mich mit deiner Nähe getröstet. Du bist eigentlich schon fast nicht mehr menschlich, und wie in aller Welt solltest du andere umarmen können, wenn du dich selbst so gut im Griff hast. Du bist eine Weltfürdich, ein Kunstwerk, und du bist ein ehrlicher und aufrechter Bursche, obwohl ich häufig darüber nachdenke, inwieweit dein Orientierungsrahmen platterdings kleinbürgerlich ist.

Schön, daß du im Winter an der Universität unterrichten wirst. Es wäre unerträglich, dich in unserer alten Schule jeden Tag vor Augen zu haben und dich nicht berühren zu dürfen.

Ciao bis dahin, hoffentlich seh ich dich, wenn ich wieder zurückkomme.

Deine Pariser Dame,
Mademoiselle Alda Ívarsen

Am dritten September ging ich zum Gedenken an dich Beeren pflücken. An dem Tag, an dem ich dich zuerst erblickte. Der du mir gegeben warst, und wo bist du jetzt? Mit einem Kupfereimer. Der sonst als Eiskübel verwendet wird. Mit weißen Händen pflückte ich Blaubeeren und Schwarzbeeren bei den Pilzen unter windschiefen Bäumen und kühlen Strahlen isländischer Sonne. Aus ihnen mache ich Saft, der für einen Pudding reif wird. Diesen Pudding mampfst du nicht, du dummer Hund, denn du hast deine Aktien in unserer Gesellschaft verkauft oder wie ich auf dem Heimweg am Steuer sang:

Ich besitze keine Aktien in deiner Ge emm be ha. Wauwau. Kläffkläff.

(Gewinsel)

Wauwau GmbH. Und ich wundere mich über die Zeitverschwendung seit dem ersten April ersten April ersten April. Aprilscherz. Wie ich dich Fetten und Perfiden betrauerte. Schier Kriecherischen. Und du, der du Herzen und Nieren erforschst. Schick mich zu Aufnahmen in Gottes Röntgenabteilung.

Verzeih, daß ich so böse an dich denke.
Liegt daran, daß meine GmbH auf so schwachen Beinen steht.
Kann nichts dafür, erwarte keine Besserung.

Und laß dich mal blicken. Sei es auch nur zum Kaffee. Oder sonstwas. Ge emm be ha.

* * *

Im gleichen Land. Seit dem Frühjahr. Wozu? Um sich nie zu treffen. Um nie zusammen zu atmen. Ich atme immer noch einsam.

Wenn zweisamer Atem alles ist, was ich vom Leben verlange.

* * *

Egill und ich waren mit unserem Herbstfarbenausflug nach Thingvellir zu spät dran. Es war reifkalt, als wir losfahren wollten, und Egill hat sowieso zur Zeit wenig Lust, mit mir zu sprechen. Ich verstehe es nicht, wo Egill und ich doch so gute Freunde waren.

* * *

Unter Weihnachtsgirlanden. Treibt mich der Wind. Endlich. Um die Ecke Austurstræti/Pósthússtræti. Alda geht in die Luft. Landet in den Armen von Teddy. Als hätte er dort gewartet. Im Anorak an der Ecke. Seit ich dich zuletzt sah. Als du mir den Umschlag gabst. Nach dem Schwimmbad. Zweiundeinhalb Jahre. Mein Freund. Nie hat eine Frau im Nordsturm dritten Grades einen so südlichen Kuß auf die Wange bekommen. Aber blaue Augen wie Packeis. Zeitweilig.

Sehe ich gut aus? Siehst du nicht, daß ich unausgeschlafen bin und meine Tage habe? Daß ich völlig abgezehrt bin? Daß es mit mir bergab geht? Du scheinst mich in einem magischen Licht zu sehen? Wie kann das angehen? Du, der mich verlassen hat.

Unterrichtest an der Universität. Bist jetzt in der Politik. Kandidierst vielleicht im Frühjahr. Wer weiß. Aber noch geheim. Okay. Nichts weitersagen.

Du wirst Minister, sage ich. Das Aussehen kommt dir zustatten.

Du lächelst mit verschämt niedergeschlagenem Blick. Wie ein kleines Schulmädchen.

In deinem Windschatten beim Weihnachtsbaum auf dem Austurvöllur. Er verwandelt sich in eine spanische Palme. Der kalte Wind wird ein laues südliches Lüftchen. Gott sei Dank, daß ich dich zu sehen bekomme. Dich auf der Straße neben mir zu haben. Ich habe recht, wenn ich keine andere Nähe will als deine. Mein Freund aus dem Süden, ich komme zu dir im Frühling, ans Mittelmeer. Um mit dir dort zu leben.

Vor drei Jahren warst du meine Adresse. Wie die Zeit fortschreitet. Vergeht, als ob nichts wäre. In der Zeit, die verging, schritt ich zurück. In der Zeit.

Morgen ist der 21. Dezember. Mein-dein Zukunftstag.

* * *

Die dunklen Tage waren unsere Zeit. Unsere Jahreszeit. Wir begrüßten einander im Dunkeln und verabschiedeten uns im Dunkeln. Wir wurden keine Zeugen der Morgensonne früh und der Abendsonne spät. Das große Dunkeljahr. Die wenigsten Sonnenstunden. Es machte nichts aus. Wir brauchten keine Sonne am Himmel. Wir badeten uns im gegenseitigen Licht.

* * *

Ich halte mich zu Hause beim Lieschenbegießen. Die diesjährigen Lieschen haben weiße Blüten. Sie zittern nicht im unerträglichen Wind, wie meine armen Bäume. Ohne Schnee und ohne Gesang. Am kürzesten Tag des Jahres. Ich erinnere mich an den kürzesten Tag in dem Jahr, als die Hoffnungsbäche in einen zusammenflossen. Wurden zu einem ruhigen Fluß, der schweigend vorwärtsströmte. Ich habe nie ein Wort über meine Hoffnungen verloren. Ich besaß Lieschen mit rosa Blüten, als du kamst. Meine Liebe begann hier drinnen zu sprießen. Du glaubtest nicht, daß ich etwas so Schönes züchten könnte. Du dachtest auch, ich könnte nicht. Mit dir Schluß machen. Bist du hellseherisch begabt? Habe ich nicht Schluß gemacht? Obwohl Schluß mit allem war?

Weswegen hast du mich verlassen, wenn du im Ernst geglaubt hast, ich würde nicht darüber hinwegkommen? Hast du mit Absicht zugelassen, was danach kam? Durfte ich deinetwegen den Tod sterben, den du vorausgesehen hast?

* * *

Schwester Alma, die Ärmste, will wieder Schneehühner zubereiten. Sie sagt, das sei nur fair in Anbetracht all der Weihnachten, wo ich gekocht habe.

* * *

23. Dezember. Kinderchor auf dem Lækjartorg. Ich gehe niemals wieder in meinem weißen Pelz hinunter zum Hafen, um an unseren Kinderchor zu denken. Wie seinerzeit. In dem Jahr, als alles begann. Das furchtbare Jahre nach sich zog.

* * *

Da war alles in den Anfängen
Obwohl alles schon längst im Gange war
und ich weiß nicht, wie sie waren, grün oder weiß, diese Weihnachten.

Aber alles steckte in den Anfängen, und ich liebte dich unbeschwert.
Nichts wurde mir zu Sorgen, nicht einmal Abwesenheit.
Sie bedeutete spätere Anwesenheit, und ich konnte warten.

Jetzt weiß ich, daß es weiße Weihnachten geben wird, die Bäume biegen sich.
Viel könnte immer noch beginnen, aber mir scheint's aufgehört zu haben.
Sorgen mehren sich und werden nicht weniger. Distanz von dir wird immer größere Distanz. Jetzt habe ich genug gewartet.

Leblose Jahre.

* * *

Dublin im April

Grüß dich,
ich glaube zu meinem Leidwesen, daß Alma keine Lust mehr hat, mit mir ins Ausland zu fahren. Sie versteht nicht, warum ich hierher wollte. Sie ist völlig frei von dieser Irenromantik, die manche Irrenromantik nennen. Also ehrlich, in den Pubs sind die Wischlappen dunkler von Dreck als das Guinnessbier, das man trinkt. Die ganzen Auferstehungsfeiertage habe ich im Nieselregen hauchdünne Sandalen an, und die Blüten in den Bäumen sind rosa. Die Trottoirs sind demarkiert mit Hundedreck. Heute morgen kriegte meine nackte Zehe etwas davon ab, und ich kreischte. In dieser Stadt kann ich nicht in der Menge untertauchen, obwohl viele eine ähnliche Haarfarbe haben wie ich. Ich bin nämlich so viel gepflegter als die Einheimischen. Es war wirklich eine originelle Idee von mir, hierherzufahren. Manchmal sitze ich in einer alten Kneipe unten am Hafen, wo Joyce gesessen und geschrieben haben soll.

Mich sprechen häufig Unbekannte in Dublin an. Trotzdem fühle ich mich hier mehr als Ausländerin als andernorts auf der Welt. Denn ich bin seltsam und sündig, verglichen mit Nonnen und Priestern mit direktem Draht zu Gott. Und ich kriege keine Verbindung zu der Hälfte von dem, was ich hier sehe. Z.B. eine Mutter mit sieben Kindern am Rockzipfel. Allesamt abgerissen und schmutzig. Alda stammt aus einer anderen Welt.

Diese Stadt ist wirklich reichgesegnet an Bierdunst und allgemeiner Unreinlichkeit. Gedichte starren einen aus Bäumen und Toreinfahrten an. Ich gehe viel im Botanischen Garten des heiligen Stephan spazieren, wo die Bäume ins Wasser tränen und sich abends mit weißem Nebel umhüllen, und ich kann nichts dazu, daß ich dich liebe, solange meine Sohlen die Erde berühren. Komm o komm o komm o komm o komm o komm doch. Es war eine gute Idee, den James Joyce-Turm in Sandymount zu besuchen, und da bin ich im Meer gewatet, wie Joyce bestimmt auch getan hat. Ich bleibe nicht viel länger hier, es sei denn, daß ich an die Westküste nach Galway fahre, an die westlichste Peripherie von Europa. Dann muß ich wieder nach Hause, bevor die Osterferien ganz vorbei sind. Du müßtest mich eigentlich am Flughafen abholen und mir mit dem ganzen Gepäck helfen. Ich kann unmöglich immer diesen Bus nehmen. Alma und Sigga haben keinen Führerschein und können mich nicht abholen. Ich warte dann darauf, daß du hinter der Sichtscheibe erscheinst, wenn ich wieder auf dem Erdboden bin, obwohl natürlich niemand besser weiß als ich, daß mich niemals jemand abholen wird und am allerwenigsten du. Dann komm eben nicht, genau wie sonst auch, mir ist es egal, du bist sowieso derjenige, der das meiste verpaßt.

Zum Glück kann ich meinen Aufenthalt in dieser Stadt beenden, ohne mit einem Iren ins Bett gegangen zu sein. Schon allein die Tatsache, daß sie sich nicht waschen, reicht, um mich abzuschrecken, und außerdem habe ich gehört, daß sie keinen Spaß daran haben. Fraglich, ob man selbst ihn hat. Könnte ich bestimmen, dann würden diese Knaben einfach mit einem zu Bett gehen und einen umarmen und alle schliefen friedlich ein, und doch: manchmal hatte man schon Lust, ich weiß nicht.

Alda?

*

Die Fesseln der Liebe sind geistloser als Leichen und häßlicher als getrocknete Dorschköpfe.

Vermeiden wir deswegen. Die Gefahr.

Das einzige Mal im Laufe aller meiner Tage, wo ich nicht vor der Liebe geflüchtet bin, erging es mir wie der Kuh auf dem Glatteis, und ich fiel.

Auf dem Schlachtfeld der Liebe zurückzubleiben, ist der größte Fehler, den ein menschliches Wesen begehen kann, und kann es doch wahrhaftig viele Fehler machen.

Diejenigen, die nicht die Flucht ergreifen, dürfen bitte schön ihre Tage zählen.

Auf dem Schlachtfeld der Liebe zurückzubleiben ist, wie gesagt, eine schlechte Idee. Aber dagegen ist kaum ein Kraut gewachsen.

* * *

Besudelt mit einem ehemaligen Kollegen in Schwarzweiß. Die Zeitungen des Frühjahrs. Das Laub grün, die ganze Welt in Farben. Nur nicht Aldas Welt. Schwarzweiß wie das Meer der Dunkelheit, wie die Bilder von dem Mann in den Blättern.

Genau wie ich erlagen dir die Wähler und schlugen sich darum, dir ihre Stimme zu geben. Versprachen dir uneingeschränkte Unterstützung. Du wirst Minister, mein Kleiner.

Aus allen Ecken der Zeitung blökst du mich an, gealtertes Liebesgespenst.

Ein Ministerlein. Bloß nicht glauben, daß das etwas Besonderes ist. Denk daran, daß in diesem unterbevölkerten und gottverlassenen Land alle möglichen Deppen zu höchsten Ehren gelangen können, darunter auch du. Der hochverehrte Herr Kultusminister. Noch jung an Jahren. Obwohl du glücklicherweise seit damals auch von Tag zu Tag gealtert bist. Das Jahr der einhundert Tage. Scheinst dich nicht gut zu halten. Geschieht dir recht. Mir sieht man nichts an. Glaubst du etwa, daß eine kleinkarierte Seele wie du Einfluß auf Aldas feuerfestes Aussehen haben kann? Bildest du dir ein, daß ich vor Kummer Falten bekomme? Eher bekommst du Entzugsfalten. Jetzt erst wirst du merken, was es bedeutet, mich verpaßt zu haben. Wenn du im Rampenlicht stehst. Wenn es auf einmal gut zustatten käme, ein aristokratisches Rasseweib an deiner Ministerseite zu haben. Als solche wäre ich die absolute Krönung gewesen. Aber gleichzeitig wärest du Gefahr gelaufen, in meinem Schatten zu stehen. Oder besser die Gefahr, daß ich nicht in deinem Schatten stehen würde. Ich weiß, du findest es so angenehm, ein kleines Farnkraut im Schutz der Felsen zu haben. Wie deine Miss Ehefrau. Die du hin und wieder aus ungeheuerlicher Gnade heraus besprühst. Natürlich bin ich persönlich so eine Art Farn in deinem Felsenschutz. Ein kümmerlicher Farn. Ja.

Verdammt noch mal, es wäre komisch, wenn du jetzt endlich bereuen würdest. Begreifen würdest, daß eine flotte Ehefrau nicht in Gold aufzuwiegen ist.

* * *

Lieber Freund im Juni,
ich schreibe dir aus dem Anlaß, daß ich eine praktische und passende Kirche gefunden habe, um dich darin zu heiraten. Du weißt, daß es unsere oberste Pflicht als Menschen ist, sicherzustellen, daß Träume Wirklichkeit werden. (Damit es wahr wird, könnte es aber notwendig sein, daß zwei denselben Traum träumen. Verstanden?) Unsere Hochzeitskirche ist im Inneren

eines Elfenhügels, das Gestein leuchtet, und das Dach ist aus Kupfer. Ich bin nicht weinerlich veranlagt, wie du weißt, aber hier könnte ich ergriffen sein. Eine Beerdigung in dieser Kirche dürfte stets eine gute Sache sein.

Aus dem Hotelfenster blicke ich auf den Bahnhof. Ich weiß, daß manche Züge von hier aus weit in den Norden fahren, vielleicht bis über den Polarkreis. Wer weiß, vielleicht steigst du aus dem nächsten Zug oder kommst auf einer der großen Fähren durch die Schärenküste hereingesegelt so wie ich. Da schwimmen Abenteuerinseln im Schmuck des Sommers. Auf einigen stehen Hütten. An Bord habe ich Gravlachs gegessen. Aus der Koje starrte ich lange bis in die Nacht hinein auf das Sonnenmeer hinaus. Jetzt sehe ich dieselbe Fähre kommen und fahren. Nicht zuletzt in Hotelzimmern spüre ich deine Gegenwart. Auf neutralem, abgegrenztem Gebiet. Hoch oben im Norden. Was auch immer der Grund dafür sein mag, gutes Wetter ist im Norden immer besser als im Süden. Kostbares Licht der Sonne. Sommerwärme für Wintererde.

Die Stadt besteht aus vielen Städten. An einer Stelle bist du in Paris, an anderer in Leningrad. Zuhauf schlafen Branntweinleichen in der Sonnenhitze der Parkanlagen. Wäre ich die Stadtverwaltung, würde ich Etagenbetten in den Parks stapeln. Nein, Matratzen wären sicherer, damit sich die Saufbolde nichts brechen. Hier herrscht ein wildes Durcheinander von Architekturen, und kleine Dampfer verkehren planmäßig zwischen den Inseln der Stadt. Im Winter sind es kleine Eisbrecher, um das Eis zu brechen.

* * *

Warum überfällst du mich morgens im Radio, um dich außerordentlich beflissen über Schulangelegenheiten zu äußern, wo Alda, die Kreatur, gerade erst aus schlaflosen Träumen über die Liebesangelegenheit aufgewacht ist. Auf dem Weg zur Schule, der uns verband. Wo der Holzfußboden von deinen Pantinen und meinen Stöckeln widerhallte. Wo Türrahmen uns anstarrten, wo gerahmte prominente Persönlichkeiten in der Aula ihre Ölohren nach einem Liebeswort aus dem Munde eines Mannes sperrten, der es ihnen voraus hatte, nicht eingerahmt zu sein und eine wunderschöne Geliebte aus dem bekannten Geschlecht der Ívarsens zu haben. Warum überfällst du mich an einem Wintermorgen mit markanter Geisterstimme? Ich nehme noch nicht einmal deine Worte auf, die mir in dem Moment, wo ich einschaltete, ins Ohr zu strömen begannen. Folterung der ehemaligen Geliebten. Paragraph 1. Ach, ach und oh, oh. Deine Stimme ist Schwefelsäure für das Gehör. Du bist im falschen Amt gelandet. Als Justizminister könntest du Frau Alda Hess aus ihrem Sörlaskjól-Spandau freilassen. Als Kultusminister bist du der offizielle Dienstherr von Fräulein Lehrerin Alda Ívarsen geworden, warst vorher inoffiziell. Heil dir und weh dir, Vorgesetzter! Jetzt höre ich auch, was du sagst. Du willst unbedingt das Schuljahr verlängern, aber es kam nicht in Frage für dich, die einhundert Tage in dreihundertfünfundsechzig zu verlängern.

Das Unwetter brach im gleichen Moment herein, als deine dunkle Männerstimme nicht mehr zu hören war. Ich hatte gerade das enganliegende schwarze Strickkleid angezogen, mit dem ich die Jungs in der 6b reizen wollte. Ich hatte mich mit Nina Riccis L'air du temps parfümiert und war mir mit dem Lockenstab durch die Haare gefahren. Dann geht's auf einmal urplötzlich los, der Wind peitscht meine alten Fenster und tritt nach dem Schnee auf der Erde. Jetzt ächzt und knarrt das zweistöckige Holzhaus, das versucht, den Hieben des Windes standzuhalten. Man kann nicht einmal das Meer sehen, also weiß ich, daß es kein Wetter für mich ist, ich werde zu Hause bleiben im schwarzen Strickkleid, mir einen Espresso und eine Havanna genehmigen und in Papas Lehnstuhl Villons Gedicht über die alte Hure lesen.

Doch zuvor will ich dem tobenden Wetter näherkommen, Nase plattgedrückt an der Scheibe. Wird das Fenster standhalten? Wird der Laternenpfahl vor meinem Haus nachgeben? Unbeweglich am Schneefenster stehend, sehe ich ein Kind, das sich am Laternenpfahl festhält. Gibt es wirklich Leute, die ein kleines Kind mit Schultasche bei Windstärke acht vor die Tür schicken? Sie haben Glück, daß Alda Ívarsens Solo-Rettungsbrigade zur Stelle ist.

Und ich laufe ohne Mantel hinaus in den Sturm, nehme den weinenden Jungen in den Arm. Er hätte beinahe die Schultasche verloren. Wie ich ergraut vom Schnee mit ganz weißem schwarzem Kleid zur Tür hereinkomme, sehe ich: Er hat deinen Mund und dein dunkles glattes Haar.

Ich telefoniere sofort mit der Mutter. Sie ist froh, daß ich sie anrufe. Das Kind war gerade weg, als der Sturm loslegte. Sie kann nicht weg, um ihren Sohn abzuholen, sagt sie, sie könne ihr Baby nicht allein lassen. Ich gehe bei diesem Wetter nicht zur Arbeit, sage ich, es sind sowieso keine Schüler da, um zu unterrichten, der Junge kann bei mir bleiben, bis es vorbei ist. Ich wohne allein. Er stört mich nicht, der Junge. Er leistet mir Gesellschaft. Ich mochte ihn gleich, er erinnert mich an einen Mann, der einmal mein Kollege war.

Der schwarzhaarige Junge hört auf zu weinen. Trotzdem vergebe ich mir nichts damit, ihn in die Arme zu nehmen und ihm über den Kopf zu streicheln. Dann mache ich Kakao mit Sahne für ihn, damit er wieder warm wird, und er vertraut mir an, daß er Angst davor hatte, aufs Meer hinausgefegt zu werden. Da fällt mir natürlich die Geschichte von Lateinlehrer Steindór Einarsson ein, der sich selbst aufs Meer hinausfegte. Aber die werde ich nicht vor einem achtjährigen Knirps wieder aufwärmen.

Ich spiele eine Platte mit Kinderliedern für ihn, die schon seit

Siggas Kindertagen existiert, und ich lese ihm eine Geschichte aus Weltlicht vor, als Ólafur Kárason aus Ljósavík am ersten Sommertag sein Buch weggenommen wurde*. Er begreift, daß außer ihm auch noch andere und noch länger als er am Laternenpfahl übel dran gewesen sind und daß in den Unwettern der Stadt Frauen in Holzhäusern vielleicht nicht immer zur Stelle sind.

Wir haben uns ans Fenster in meinem Wohnzimmer gesetzt, ins rote Plüschsofa. Merkwürdigerweise bekamen wir etwas Schnee ab, obwohl das Fenster zu ist. Aber wir haben nichts bemerkt. Das Fenster ist wohl nicht ganz dicht.

Der schwarzhaarige Junge und ich schauen schweigend zum Fenster hinaus, durch das Schnee eindringt. Dem Druck des Windes hält nichts stand. Wir sehen zwei Vögel, die auf Wäscheleinen gegen den Wind ankämpfen, auf Telefonleitungen, in Bäumen. Darauf geraten sie aus unserem Blickfeld. Werden dann aber wieder vor den Fensterrahmen geweht. Finden sich ein Schneenest in gepeitschten Bäumen.

Ich sage nicht, daß ich mich gelangweilt hätte, wenn ich nicht den Jungen vom Laternenpfahl gerettet und durch seine Anwesenheit belohnt worden wäre, statt allein im Sessel zu sitzen mit dem Gedicht über die entschwundene Schönheit der Hure. Aber es war besser, den Jungen bei mir zu haben. Kurz vor Mittag kommt eine Tante im Jeep, um ihren Jungen abzuholen, und mittags sprichst du wieder mit einer Frau mit honigsüßer, piepsiger Stimme über Schulangelegenheiten. Wie fühlt sie sich mit dir als Gegenüber? Ist man immer darauf bedacht, alle mit seinem Charme zu bestricken? Dein ein und alles. Die alte Leier. Leuten mit piepsigen Stimmen sollte man verbieten, beim Rundfunk zu arbeiten. Und deine Argumentation endete damit, daß mehr Unterrichtsfächer ins Curriculum aufgenom-

* Ólafur Kárason ist die Hauptperson in Halldór Laxness' Roman »Weltlicht«.

men werden müßten, damit die Schüler mehr Auswahl hätten. Mehr Wahlfreiheit. Ganz in deinem Sinne. Der du nicht die Freiheit nutztest, Alda zu wählen. Du bedauerst es bestimmt zutiefst. Manchmal bemitleide ich dich wahrhaftig. Ach, ich bemitleide uns beide. Was sind wir anderes als Leidensgenossen in einer Welt lauwarmer Dummheit? In einer Welt, wo man sich der Liebe wie eines Ungeziefers entledigt. Und man glaubt, man ist sie los, tut so, als sei man sie los, obwohl sie bleibt.

* * *

Nichts von dir zu erwarten

vielleicht von euch

Das beste zu vergessen

und nicht mehr darauf hoffen.

Im Schatten von nichts zu leben

und unterschiedlichem Licht

wie eine selbstverständliche Pflanze

die blüht und gedeiht oder nicht.

* * *

Die Maschine ist ein geflügelter Adler. Planmäßige Maschine in Wolken.

Unglaublicher Raum für Sterne auf Reisen.

Anonyme Stadt aus dem Landmeer.

Maschine auf den Wellen der Luft.

Aus dem Meer. Endloser Sonnenuntergang.

* * *

Sechs schwarze Urgroßväter spielen denselben Blues wie in der Jugend. Siebzigjährigen Blues. Hinfällig traktieren sie Instrumente und trommeln. Fossiler maschineller Blues ist Schrittmacher für Herzen. Rhythmische Ruhe der Bläser aus dem Jenseits. Nur noch ein Lebenszeichen bei einem neunzigjährigen Kerl. Er spuckt in einen Plastikbecher. Wir sitzen auf Holzbänken wie in den Straßenbahnen. A Streetcar Named Desire.

Wenn sich der Betrachter in richtiger Position befindet, im richtigen Boot, sind die Brücken am Mississippi eine über die andere gestapelt. Wassertaxi, Ampeln, auf den Fahrbahnen des Stroms. Zuckerboot.

Ich esse Gumbo und Austern im Zwei-Sterne-Garten. Weiterhin wird Blues gespielt. Summertime im November. Treue Alma. Lebensanker. Meine gute Schwester. Du fehlst spürbar im Garten der zwei Schwestern.

Eine Nacht oder einen Fick brüllen zehn kleine Negerlein im französischen Viertel, als ich betrunken Richtung Hotel gehe. Darf auf gar keinen Fall abends in diesem Viertel allein unterwegs sein. Millionen Pfund Zucker werden täglich raffiniert.

Wahrscheinlich habe ich ganz im Süden der Südstaaten nicht an dich gedacht
wie herrlich es wäre, dich zu haben, wenn ich dich hätte, sondern

wie herrlich es wäre
hier in Frieden selbst und allein zu sein. Alda frei.
Schaut sich anderer Leute Küsse im Fernsehen an. Benommen unter der Decke.

Die Hitze und die Feuchtigkeit.

* * *

Quer über den Kontinent

Durch die Wolken hinab Flugzeug
Geschüttele hie und da.

Es gibt Formen unten auf der Erde, die flach daliegen und dunklen Bäumen ähneln.

* * *

Das Haus gegenüber dem Hotel brennt
zur Begleitung
einer Sirene.
Die Flammen lecken
am Fenster im nächsten Haus.

Ich ruhig im Bett
sehe denselben Brand im Fernsehen.

Dann aus dem Fenster.

Mein Fenster rahmt zwei
Hochhäuser ein.
Die Hochhäuser rahmen Bäume ein, erstens,
eine Bergkette, zweitens,
und die Wolken darüber.

Der Wald spiegelt sich außen am Kleiderschrank

Unter der Decke hervor spionier ich die Aussicht aus.

* * *

Let's face it.
Zwei im Bett vorm Fernsehen wären besser als einer.

* * *

Gefangen im Zugabteil. Unbeweglich
werde ich gerollt
          an Staaten vorbei
an Sternschnuppen im Strommast vorbei
an mir selbst vorbei.
Ich kam, um Abschied zu nehmen.
Ich gehe, um zu begrüßen. Bye-lo.

* * *

Vergilbtes langes Gras
fällt hügelabwärts

Kälber am Hang einer Sandgrube
bei den Bahnschienen

Das Gras ist die Mähne der Erde.

* * *

Und du bist der Tyrann des Herzens. Ich hasse dich erbittert.

* * *

Bevor ich nach der Nacht das rechte Auge öffne, stelle ich fest, daß deine Arme um mich herum fehlen. Ein merkwürdiges Gefühl, scheint neu zu sein. Kann aber nicht stimmen, denn die

Hände haben jahrelang gefehlt und waren nie an ihrem Platz diese einhundert Morgen, an denen ich in greifbarer Verbindung zu ihnen stand. Pummelige Finger, mich berührend. Am Hals kraulend. Hinter dem Ohr.

Na, ich kann mich dann einfach selbst am Ohr kraulen, aber das ist nicht dasselbe.

Ach, muß man jetzt aufwachen. Was ist heute für ein verdammter Tag? In welcher Stadt? Parade im Fernsehen. Dreistündige Weihnachtsparade mit allem Drum und Dran. Parade des Lebens

Ehemalige
oftmalige
allmalige
letztmalige Parade

Darf Alda heute nicht in den Federn bleiben? Kaffee im Bett serviert bekommen. Das Laken an der Wange haben. In Trance und Schlummer.

Ich sehe ein Stückchen der kreisenden Sonne hinter der Vielfalt der Hochhäuser.
Bald
ist sie ganz high, so wie ich.
Fünfsterniger Napoléon auf nüchternen Magen.
Sie ist auf dem Weg. Über den dreißigsten Stock hinaus.
Empor meine Sonne, mein ganzer Sinn.

Kaiser Napoléon mit vieltausend Mann
Kaiser Napoléon mit ganz schön viel Promille.

Donald Duck aufgeblasen in der Wolkenkratzerschlucht

Superman aus Gummi oben auf dem Dach
Quintessenz einer Parade.

Wolken
kratzerschlucht

* * *

Du bist kein Mann
sondern eine Mücke in Hosen.

* * *

Es wäre ein interessantes Forschungsprojekt, warum Großmächte eine solche Vorliebe für Paraden haben. Entweder Militärparaden auf Roten Plätzen oder Gummitierparaden in Wolkenkratzerschluchten.

* * *

Ich kaufte mir einen Teddy bei Bloomingdale's. Außer mir und ihm paßte niemand mehr in den Aufzug. Wie er wohl heißt, der Una furtiva lacrima im Fernsehen gesungen hat, diese idiotische Arie, die ich am längsten Tag des Jahres in unerträglicher Helligkeit an deiner Seite hörte. Es ist unwahrscheinlich, daß Alma Schneehühner zubereitet, wo ich nicht zu Hause bin. Obwohl. Für Sigga. Die Gemälde im Metropolitan sind sich irgendwie alle außerordentlich ähnlich. Santa Claus im Fenster von Macy's verneigt sich höflich vor mir. Aber Geschenke bringt er mir nicht. Das tue ich selbst. Das ist doch prima. Teddybären auf dem Fließband. Ich hatte Glück, daß ich eine Karte bekommen habe. Hopp, heißa, bei Regen und Wind.

* * *

Du bist keine Wolke in Hose
sondern eine bärtige Rose.

Eiseskälte auf der Fifth Avenue. Frauen und Männer in Pelzen sprechen durch die Nase. Ich im weißen Pelz spreche niemanden an. Ein Kinderchor singt auf dem Bürgersteig ein vielstimmiges Weihnachtslied. Erinnerst du dich an den Kinderchor am Lækjartorg am 23. Dezember, zwei Tage nach unserem Zukunftstag? Nein, du erinnerst dich nicht. Du warst nicht da. Der Schnee rieselt über einen Weihnachtsbaum mit weißen Lichtern. Dies sind meine ersten Weihnachten fern der Heimat. Wurde auch Zeit. Und ich liebe dich noch. Nicht weniger.

Der Mond ist eine Glühbirne zwischen Hausdächern in Greenwich Village.

Sie ist an. Faktum.

Tournedos sind kein schlechteres Weihnachtsessen als Schneehühner. Morgen esse ich supergesundes Sushi am Broadway, wenn dort geöffnet ist. Hoffentlich gibt's wenigstens ein paar Taxis, obwohl es dieser Tag ist. Ich will nicht mit der Subway fahren. Es ist scheußlich, sich unter der Erde einzusperren und die Stadt nicht zu sehen.

Ich habe keine Angst in New York wie die anderen. Keiner traut sich, mich zu überfallen. Ich verbiete es ihnen mit tödlich kaltem Gebaren.

Dies ist das flotteste Hotelzimmer, in dem ich je gewohnt habe. Das Bett dreifach, Teddy und mir geht's prächtig in hellblauer Bettwäsche. Wir sind so glücklich mit einer halbausgetrunkenen Flasche Champagner im Kübel. Bestellen wir noch eine. Das Weihnachtsprogramm im Fernsehen ist wirklich vorbildlich. Ich lese Raymond Chandler zur Abwechslung, wenn ich genug vom Fernsehen habe. The Long Goodbye. Prost, Teddy.

Die Mädchen an der Rezeption haben mit Furcht gemischten Respekt vor mir, ob ich zusammen mit einem Riesenteddybär in den Lift gehe oder allein herauskomme mit zurechtgemachtem Haar.

Absolut korrektes Verhalten, mich zu fürchten. Mit Respekt. Das Hotel ist halbleer. Die Schwarze, die mir heute morgen den Kaffee gebracht hat, wünschte mir mit starkem Akzent Merry Christmas.

Ich sah Casablanca im Fernsehen. Here's looking at you kid.

* * *

Die Nacht vor Silvester. Dunkelheit über dem Grönlandeis. Der Passagier liegt flach. Hat drei Sitze für sich und Teddy. Der hängt halb auf den Boden in einem schwarzen Sack, in dem Leichen versenkt werden. Bloomingdale's – Teddy, dir ist es auch schon einmal besser gegangen, als die Menschen in der Weltmetropole am Schaufenster vorbeigingen, die dich Sternenblauäugigen im Eiderentenpelz käuflich begehrten.

* * *

Gegen zehn Uhr am Silvesterabend bin ich meistens in der Stimmung, daß ich entweder alles komisch finde oder gar nichts, wenn ich vom Jahreswendfeuer nach Hause gekommen bin. Immer noch suche ich dich wie eine Schwachsinnige unter all den Leuten am Feuer. Aber du kamst nur an diesem einen Silvesterabend, der inbegriffen war in den einhundert Tagen. Du warst ein prachtvoller Brandstifter und hättest dich als Anführer der Mordbrenner in der Njáls saga* oder bei einer gut organisierten Hexenverbrennung bestens ausgenommen. Dein junges Gesicht leuchtete beim Silvesterfeuer vor Liebe zu mir, genauso wie die Gesichter derer, die Hexen anzünden ließen, vor Fürsorglichkeit leuchteten, als die Flammen jene umzüngelten.

Am Silvesterabend trage ich immer das schwarze Seidenkleid mit den Rüschen und werfe mir die goldene Stola um. So bin ich unerhört chic.

Frohes Neues Jahr, liebe Alma und Sigga.
Danke für das vergangene.

Das Jahr kehrt zurück in der Zeitalter Schoß, und niemals mehr kommt es uns wieder (Gott sei Dank).

Ich scheiß' was drauf, daß die Zeiten sich ändern.

Wünscht euch ruhig ein frohes Neues Jahr. Es ist gut gemeint.

* * *

Es wäre ein Fehler, die Jahre zu zählen

sie sind zu viele geworden, und daran erinnere ich mich am einundzwanzigsten Dezember, am ersten Tag, am Zukunftstag, am Zeittag

Es wäre ein Fehler, die Male zu zählen

* In der Saga vom weisen Njál kommt der Held ums Leben, als sein Hof von seinen Gegenern angezündet wird.

Sie würden zu wenige, und daran erinnere ich mich am ersten April, am letzten Tag

Es wäre ein Fehler, an deinen Körper zu denken

er wird nie nahe sein, und daran erinnere ich mich morgens

Es wäre ein Fehler, sich weiterhin auf dem Erdball aufzuhalten

aber ich tue es trotzdem und begreife, es ist ein Fehler.

Die Geschwulst

Meine Schwester Alma entdeckte heute nach dem Bad eine Geschwulst in der Brust. Kein Zweifel. Da ist etwas. Ich habe es auch gefühlt.

Alma ließ sich sofort einen Termin geben. Sie macht den Eindruck, als ob sie seelenruhig ist. Alma, die immer so um ihre Gesundheit besorgt gewesen ist. Sie schaut mich verlegen an, als ob sie sich für die Geschwulst entschuldigen wollte, die harmlos sein kann oder tödlich und alles mögliche dazwischen. Und ich sehe Alma verlegen an, weil mir nichts fehlt und ich keinen Termin bestellen mußte.

Dann ging Alma hinunter, um für Sigga zu kochen, als ob es ein ganz gewöhnlicher Tag wäre. Ich habe überhaupt keinen Appetit, ich setze mich nur auf den Gobelinstuhl von Mama Alda, schaue auf die Tulpen in Mamas Vase. Was hätte Mama gesagt? Mama, die ihr großes Mädchen Alma noch mehr liebte als Alda. Mama. Sie hat's gut, daß sie den heutigen Tag nicht erlebt, wenn die Folgen so sein werden, wie ich glaube.

Wie sich Alma wohl fühlt? Meine Schwester, die ihr ganzes Leben im gleichen Haus gewohnt hat wie ich. Aber es hat überhaupt nichts zu bedeuten, ob man im gleichen Haus lebt. Man weiß nicht, wie es jemandem an einem solchen Tag zumute ist.

Ich höre sie unten hantieren, sie kocht Spaghetti für Sigga. Viel mehr ist es nicht, was sie zubereiten kann. Der unnütze Gedanke beschleicht mich, daß die Küche nach diesem einen Durchgang schlimm aussehen wird. Ich wundere mich immer noch über Almas Talent, alles zu besudeln, denn es paßt überhaupt nicht zu ihrer Persönlichkeit.

GOTT bewahre die große Schwester vor Entsetzlichem. Ihr Leben ist reibungslos und glatt verlaufen und darf nicht in einem Alptraum enden.

So soll man nicht denken. Es kann gutartig sein.

Die WEHRLOSIGKEIT des Menschen ist absolut. Was auch immer kann wann auch immer passieren. Aber daran dürfen wir eben nicht denken. Wenn wir ständig darüber nachgrübeln würden, was alles passieren kann, ohne Vorwarnung, würde unser Leben zu nichts. Das Menschenleben lebt sich in Fächern, und so sollte es gelebt werden. Je mehr Isolation zwischen den Fächern, desto größer die Effizienz in jedem.

Ein Mensch kommt aus der Badewanne und findet einen Knoten in seiner Brust. Genauer gesagt, meine Schwester. Genauer gesagt, ein Mensch. Danach wird nicht gefragt. Es wird nach überhaupt nichts gefragt. Das Leben ist so unglaublich leger. Ciao, Adios.

DIE DIAGNOSE

Meine Schwester Alma hat die Diagnose erhalten. Der Knoten in ihrer Brust ist eine Bombe, die andere Bomben über den ganzen Körper ausgesät hat. Ein Mensch sieht seinen privaten Weltuntergang ab. Nach einer grauenvollen Reise durchs Leidensland. Anfangs begleite ich sie ein Stück des Weges.

Sie darf gerne heute nacht im Riesenbett schlafen. Das Bett, in das wir hineinkrochen, als wir klein waren und uns fürchteten. Es ist so groß, daß wir alle vier darin Platz haben: Papa, Mama, Alda, Alma. Sie kuschelte sich zu Mamas Füßen und ich mich an Papas Hals.

Alma will lieber ein Glas Cognac als Schlaftabletten. Im

schmiedeeisernen Bett halte ich die Hand der großen Schwester und rede mit ihr und passe auf, daß ich nicht einschlafe, bevor sie eingeschlafen ist. Gegen vier Uhr höre ich, wie sie im Schlaf spricht, aber ich verstehe nicht, was sie sagt.

Wir wachen um acht Uhr auf. Ich halte immer noch die Hand meiner Schwester. Sage: Bleib liegen, während ich Kaffee koche. Ich mache mich ans Filtern und Toasten und komme nicht umhin mich zu erinnern, was ich geträumt habe: viele hundert busenförmige Hügel. Einer von ihnen löste sich von der Erde. Die Wunde der Erde lag offen zutage. Meine Schwester liegt ausgestreckt im giftgrünen Moos. Ganz feiner Regen fällt auf ihr Antlitz. Die Wimpern bedeckt mit Nieselperlen. Ein merkwürdiger Mann mit einer Brechstange kommt daher und setzt sich in die Mulde zu Alma.

* * *

Ich leihe Alma fürs Krankenhaus den roten seidenen Morgenmantel aus Paris. Ich weiß nicht, wie ich mich verhalten soll, und mir fällt nichts ein, was ich ihr unterwegs sagen könnte. Mir ist übel am Steuer und auf den Gängen. Aber Alma ist so wie immer. Sie scheint es wie eine selbstverständliche Sache hinzunehmen. Als ob das ganze Leben unausgesetzt eine Vorbereitung auf diese Hölle gewesen sei.

Sie hat Ausblick über Öskjuhlíd und den Flughafen. Der rieselnde Niederschlag bildet eine weiße Wand, in die Alma hinausstarrt. Sie bekommt genügend Zeit für diese Betätigung. Allein in einem Dreibettzimmer, Nr. 314. Zwei leere Betten. Alma am Fenster.

Es ist richtiger Winter, denn der Schnee taut nicht sofort wieder, wie er es bislang gemacht hat, den ganzen Herbst. Eben hinterließen meine Lederstiefel Spuren im Schneeteppich.

Dieser Tag ist der Gipfel. Nie zuvor in meinem Leben hatte

ich weniger Lust, oberirdisch zu sein. Aber ich mache mir weis, daß ich keine Wahl habe, obwohl das natürlich völliger Blödsinn ist. Alle können bestimmen, ob sie sich diesseits oder jenseits befinden.

Englisch bei den Jungs in der 5b. Und Alma beginnt einsam auf Zimmer 314 zu sterben. Bereits im weißen Hemd. Unter einem weißen Oberbett. Mit dem braunen langen Haar genau wie mein Haar über das ganze Kopfkissen ausgebreitet. Sie hat sich die Lippen geschminkt und ist so zurechtgemacht, als ob sie zu einer Einladung gehen wolle.

Auf dem Weg nach draußen hole ich mein Taschentuch hervor, um mich gegen den durchdringenden Krankenhausgeruch zu schützen. Die Übelkeit verschlimmert sich. Englisch in der 5b. Warum erinnere ich mich jetzt hier im Labyrinth der Krankenhausgänge daran, daß ich dich traf, am Tag der Garderobe im Herbst des Anbeginns? Da war ich auch auf dem Weg zur Englischstunde bei der 5b, mit Hamlet unter dem Arm. Der erste Schneetag in dem Winter.

(Es hat angefangen zu schneien, sagte der Historische, den ich bei der Schuleröffnung traf, in dem Augenblick, wo ich mir in der Garderobe des Lehrerzimmers den Burberry ausziehe.

Wo ist der Regenschirm? frage ich.

Da lächelt er wacker, und ich wundere mich am meisten darüber, daß dieser strahlende Mund öffentliche Vorträge über die Schrecken des Mittelalters hält.

Kann mich nicht beherrschen und werfe ihm mit den Fingerspitzen einen Kuß zu, um ihn zu genieren, während ich hoch erhobenen Hauptes den ersten Schritt in Richtung Hamlet mache. Deklamierte Ophelias Monolog für die Burschen, He took me by the wrist and held me hard, möchte wetten, daß sie dabei alle miteinander einen Mordsständer hatten.)

* * *

Sigga ist tagsüber viel oben bei mir. Lernt am Wohnzimmertisch wie manchmal früher, als sie klein und ihre Mutter in der Arbeit war, aber Tantchen im oberen Stockwerk zu Hause. Sie schläft unten. Ich glaube, es wäre gut für Sigga, nachts bei mir zu schlafen, aber ich mag es nicht erwähnen, denn sie ist schon so groß, studiert schon. Jetzt erinnere ich mich ständig daran, wie sie als kleines Mädchen aussah, wenn sie mit hellen Zöpfen sonntagsmorgens die Treppe herauftrippelte. Tante wachte durch das Klopfen auf, stand auf, um zu öffnen, und da stand Sigga im Sonntagsnachthemd, Lulli-Teddy in der einen Hand und das Gedichtbuch für die Kleinsten in der anderen.

Bistuda, Alda, sagte sie schrill auf der zwei- und dreijährigen Skala. Dann kroch man wieder unter die Decke und achtete darauf, daß Lulli gut gebettet wurde. Kalte Zehen wurden in Tante Aldas Kniekehlen gesteckt, und Tantchen las aus dem Gedichtbuch für die Kleinsten vor.

Böser Bach, nun fürderhin, werd ich an dich denken.

Ihre Mama kam mittendrin ungekämmt nach oben und hielt den Morgenmantel um sich geschlungen, während ich Schokolade kochte und Vanillesahne schlug. Den Sonntagsbraten gab es meistens bei mir, wenn ich nicht gerade verkatert und mit üblem Mundgeruch bis nachmittags im Bett blieb, um Trivialromane zu lesen.

Jetzt bin ich näher dran als je zuvor, Siggas Mutter zu sein, obwohl sie schon erwachsen ist. Ich versuche, immer das zu kochen, was ihr schmeckt, sie zu begrüßen, wenn sie nach Hause kommt, ihr mit dazugehörigem Kuß Gutenachtschlafgut zu wünschen, ihr bei englischen Referaten zu helfen und sie mit ins Kino oder Konzert zu schleifen, um sie abzulenken.

Jeden Tag gehen wir ihre Mutter besuchen, manchmal zweimal am Tag. Alma ist anders als alle Kranken, die ich gekannt habe. Niemals erwähnt sie die Krankheit und wechselt das Thema, wenn wir fragen wollen. Irgendein Arzt hat gesagt, es sei nicht ganz hoffnungslos. Das bedeutet so gut wie hoffnungslos. Das bedeutet hoffnungslos. Alma will nicht kämpfen. Aber sie läßt auch den Kopf nicht hängen. Sie liegt neutral in ihrem Bett, frischoperiert, hört Radio und liest Zeitungen so gut sie vermag. Und unterhält sich mit Sigga und mir, über alles andere als die Krankheit. Ich glaubte, meine große Schwester in- und auswendig zu kennen, aber jetzt kenne ich sie nicht.

* * *

Meine Schwester Alma ist ganz bei mir. Eingezogen ins schmiedeeiserne Bett und ich auf eine Couch im gleichen Zimmer. Sie braucht fast nie allein zu sein, denn Sigga kann bei ihr sein, während ich unterrichte, und einmal am Tag kommt eine Krankenschwester vorbei. Alma ist, wie sie immer war, klagt nie und scheint keine Angst zu haben. Es ist mir unbegreiflich. Ich will ihr die Möglichkeit geben, mit mir über das zu sprechen, was vor ihr liegt, und nicht drumherumzureden, wie es so oft geschieht, wenn Leute im Sterben liegen. Aber Alma ist zu höflich, um dieses kleine Zugeständnis wahrzunehmen. Sie sagt bloß: Danke dir, und streichelt mir die Wange. Ich will sie so lange wie nur irgend möglich hier behalten. Es kommt für mich nicht in Frage, meine Schwester in diesem Zustand unter lauter Unbekannten zu wissen.

* * *

Tief ist die tiefste Dunkelheit. Wieder einmal. Habe ich die Standuhr meiner Eltern zwei schlagen drei schlagen vier schlagen fünf schlagen hören, bevor ich die Grenze zu jener erstrebenswerten Sphäre überschreite, wo unermeßlicher Raum ist für mich, einsam zu reisen.

Ich mache Licht und höre Satie.

Es wird erst um zehn Uhr hell, nach mehr als fünf Stunden.

Vielleicht schaffe ich mir eine Katze an. Eine Katze ist besser als nichts. Ist zumindest lebendig, nicht leblos wie dieser dämliche Teddy, den ich von einem Kontinent zum anderen schleppe. Schäm dich, Mensch.

Im Sommer werfe ich diesen Teddy weg. Jetzt reicht's mit diesem toten Ungetüm in meinem feinen Bett. Welches Recht hat er, im bestickten Seidendamast von Mama Ívarsen zu schlummern? Ein totes Trumm ist rechtlos. Vielleicht ist Verbrennen das beste, nicht doch, ich hacke ihn klein. Oder hacke und verbrenne, warum nicht?

Ich werfe das Ungetüm hinaus, will es nicht in meiner Nähe haben.

Katzenlose Frau in der Geborgenheit zu Hause am Meer.

Wenn ich mir eine Katze zulege, werde ich die Katzenfrau am Meer. Katze ist immer Katze, aber ist ein Teddy etwas anderes als nichts, und kaum das. Nein, eine Katze ist eine Mieze mit Krallen, und man kann sie hören, sie miaut und muß fressen und schlabbern, und Katzen kann man verwöhnen; aber wie soll man einen Teddybär verwöhnen? Außerdem ist eine Katze warm und umarmt einen mit Pfoten, und eine Katze kann schnurren, aber ein Teddybär ist stumm. Und eine Katze kann sich verirren und verenden, auch wenn sie neun Leben haben soll, aber dieser ausgeflippte Teddy könnte höchstens verschleißen und ein Loch bekommen, aus dem die Füllung herausquillt.

* * *

Die Zoos dieser Erde. Orte für mich. Ich lausche andächtig auf das Gekreisch des Pfaus und schaue seinen Augen auf dem Schwanz ins Auge, wenn er dessen Geäst ausbreitet, einerseits mir zu Ehren und andererseits, um die Terroristen des Zoos irrezuführen.

Flamingos sehen nicht nur widerlich aus, sondern sie sind es auch. Ich wollte, es gäbe sie nicht.

Pinguine sind weder Fisch noch Fleisch.

Einsam tapert der Eisbär. Schüttelt den Kopf wie ein Baß, der sich zum Singen anschickt. Bringt keinen Laut hervor. Stockheiser heute. Fürchtet sich vielleicht vor einer Angehörigen der isländischen Rasse, Schrecken der Eisbären.

Ich beobachte die Bären beim Gerangel. Und Gekraule im Pelz des Gegenübers. Ich sah eine Bärin und ihr Junges, wie sie mit schweren Pranken nach einander schlugen.

Ich habe mich mit meiner Kaffeetasse auf manchen weißen Holzstuhl in die Sonne oder den Schatten gesetzt, je nach Bedarf, und ein Pfau, der frei herumspaziert, kommt zu mir. Tut erst so, als ob er mich nicht sieht, kommt dann und verneigt sich, dabei ein Rad schlagend, damit sich seine Augen mir öffnen. Ich bin deine Schwester, sagte ich manchmal in allen wichtigsten Sprachen, um Mißverständnisse zu vermeiden. Er verneigte sich noch einmal mit einem leichten Laut der Zustimmung. Er stolzierte rings um den weißgestrichenen Tisch und den Stuhl herum, wo ich meinen Kaffee trank, meistens barfuß unter dreißigjährigen Bäumen, und ihr Wachstum bewunderte. Er hielt direkt vor mir an, öffnete die Augen des Rades, sagte mit heiserer Stimme Ciao, stapfte mit dem Fuß auf wie ein zu klein geratener Soldat und verschwand, um anderen Verrichtungen nachzugehen.

In Tiergärten bist du mir am nächsten. Du nickst deinen Verwandten, den Eis- und Braunbären, verschmitzt zu, erweist dem Elefanten deine Reverenz, denn er ist dir als einziger überlegen, machst dich über die Affen lustig, tätschelst heimlich die Lämmer, ich sehe dich.

Bei Konzerten sitzt du gewöhnlich neben mir, gestylt mit brillantem Haar, und Millionen von Butterblumen leuchten im Gedenken an den Abend des Lebens, als wir unsere schönste Zeit lebten.

In den Cafés dieser Erde ist meine Schwester Alma mir nahe. Ideale Reisegenossin. Eine unglaublich attraktive Frau. Und amüsante. Du hältst dem Vergleich mit ihr nicht stand, mein Freund. Erst jetzt. Wo sie aus dem Spiel ist. Wer lebt, ist den Toten überlegen. Denn du bist mir überlegen. Lebendiger Mensch über meiner Leiche.

* * *

Auf einem kleinen Holzschild eine gemalte Schrift: Arctic Circle. Das bedeutet Polarkreis. Hierhin fahren keine Züge, nur Überlandbusse. Weiter nach Norden. Über eine unsichtbare Linie.

Im nördlichsten Norden herrscht Frost bei Windstille, und Hügel haben ovale Konturen ohne spitzige Zinnen. Ganz oben im Norden fällt der Schnee nicht, er tropft auf Halme und Sträucher. Da ist es einfach, über einen vereisten schneebedeckten See zu gehen. Einen ganzen Tag, eine ganze Nacht, zwischen Bäumen. Auf dem Rücken liegen, die Augen offen für den Lichttanz der Luftströme, einen Abend oder zwei vor Jahren unter ganz anderen Bäumen.

* * *

Es wäre logisch gewesen, sich maßlos mit dir zu paaren. Aber am allerwenigsten durfte ich dich herausfordern. Zum praktischen Vollzug. Alles, was die Liebe fördern darf. Ist Mühelosigkeit.

* * *

Unberührte Sterile. In Ewigkeit. Omen.

* * *

Alte Jungfer. Bald am Stock.

* * *

Ich bin wie ausgetrocknet. Äußere Trockenheit. Haar und Haut sind spröde. Um die Augen viele Fältchen, besonders wenn ich lächle. Am besten nicht lächeln. Äußere Trockenheit, wahrscheinlich auch innere. Dürre einer kinderlosen Frau.

* * *

GEBURTEN. Was für ein Glück, davon verschont zu bleiben. Das ist nicht so zu verstehen, als ob ich etwas gegen Kinder hätte, obwohl sie normalen Menschen wirklich zur Last fallen. Ich glaube allerdings nicht, daß ich den Horror ertragen hätte, ein Kind zu gebären. Zwar gibt es Leute, die die Geburt eines Kindes für ein wundervolles Ereignis halten. Dazu kann ich an und für sich nichts sagen. Aber ich kenne meine Grenzen. Ich habe im Laufe der Zeit diverse Erniedrigungen ertragen müssen, aber die endgültige Erniedrigung, ein Kind zu gebären, hätte ich nie, ich wiederhole nie, ertragen können, Beine breit unter Scheinwerfern, blutig im Schritt wie ein Affenweibchen. Mit Zuschauern wie im Zoo.

* * *

Ich hatte natürlich meine kleine Nichte Sigga, aber das ist nicht dasselbe. Ich hätte wohl mein Privatkind bekommen müssen, um nicht lebenslänglich ein Ausländer in dieser Welt zu sein. Ich sollte mir ein kleines Wesen an die Brust drücken können, das mich braucht, nicht nur heute abend, sondern immer. Bloß: Ich bin ein Mensch und keine Kuh. Ich bin nicht gemacht, um Hände und Kopf und Füße in eine harte Welt hinauszupressen. Mich zerreißen zu lassen.

Aber … wenn es dein Kind gewesen wäre, dann wäre ich vielleicht Mensch geblieben, während es geboren wurde. Wenn es dein Sohn gewesen wäre mit eisblauen Augen und kleinem Doppelkinn oder deine Tochter mit dichten Brauen und pummeligen Fingerchen.

* * *

Ich wurde in die Berge hinaufgesogen, in senkrechten Bahnen. Die Sonne schien gnadenlos. Der Vierwaldstättersee ist über jede Kritik erhaben. Das Land ist eine Ansichtskarte, so weit das Auge reicht. Eiger, Mönch und Jungfrau. Zweifellos sind die Alpen gut geeignet zum Skilaufen, aber als Landschaft völlig unbrauchbar.

Das Schweizer Land ist ein Land ohne Ozean, und Alda ist eine Welle auf dem Trockenen. Vogelfreie Alda im despotischen Land der Liebe. Das Land ist wahrlich selbständig und unabhängig, hat aber bestimmt keinen Zugang zum Meer. Seefahrt ausgeschlossen.

Den Bären in Bern ist der Boden unter den Füßen heiß. Im nicht vorhandenen Freiraum des Bärenzwingers. Versuchen hochzukommen. Aus dem offenen Grab. Mitten in der Stadt. Ich stand lange unter einer Linde und schaute ihnen zu. Unverzagt inmitten von Hoffnungslosigkeit. Die armen Teddys im braunen Fell. Wer in die Bärengrube fällt, dem braucht man keine Wunden zu lecken.

Es regnete, aber das machte nichts, denn die Straßen sind überdacht. Eine superbequeme Einrichtung.

In Bern trank ich Eiskaffee. Stieg in Luzern um. Den Zug wechseln heißt auf deutsch umsteigen. Das ist völlig logisch.

* * *

Alte Flamme,
was gibt's von dir zu berichten? Bist du auch ständig im Ausland wie Alda? Hängst am Telefon und regierst Island? Merkwürdig, eine ganze Insel zu regieren, aber sein kleines Leben nicht in den Griff zu bekommen. Merkwürdig, offiziell die oberste Entscheidungsbefugnis in Sachen Kultur zu haben, aber im Privatleben keine Entscheidungen treffen zu wollen. Um die Liebe herumzutänzeln wie die Katze um den heißen Brei. Oder sie wie ein gebranntes Kind zu scheuen.

Ach, hätte ich dich Häuslichen, aber Hinterhältigen und von morgens bis abends am Pfeifenstummel Nuckelnden bloß nicht getroffen. Alles ging so glatt bei mir. Das Leben war so, wie ich es haben wollte. Ich konnte alles bestimmen. Bis zur grande passion. Ich habe den Eindruck, daß viele das Zeitliche segnen, ohne im mindestens g. p. gewahr zu werden. Und ich hätte gern dieses eine Leben, das mir zugeteilt war, ohne diese fixe Idee gelebt, der man in ausländischen Büchern vornehme Namen gibt. Grande passion hat mich nicht weitergebracht, sondern zurückgeworfen. Darüber hinaus hat die Naturgewalt gp bewirkt, daß ich keine Lust mehr hatte, mit Leuten zu reden oder sie mit mir, aber wer sagt schon, daß man etwas verpaßt hat.

Aus meinem Hotel blicke ich über den Hyde Park. Da ist gewaltig was los, Fußballendspiel zwischen Schottland und England. Dazu noch irgendein Spektakel wegen Ihrer Majestät. Die Straßen sind voll von Fußballfans und anderen Untertanen. Die Königin fuhr mitsamt ihren Nächsten in einem erleuchteten Wagen durch die Straßen. Ich war des Stehens und Wartens müde, tat es aber dennoch. Ein Fußballfreak stürzte sich in einen wasserlosen Springbrunnen und war tot. Ich hatte mir eingebildet, angepaßt zu sein, eine britische Intellektuelle mit Stock, weiß aber nicht, wie gut es mir gelungen ist, denn ich scheine einfach nicht so häßlich und garstig werden zu können wie englische Frauen.

Ich akzeptiere keine Tatsachen: zu lahm, um zu reisen. Manche Verrichtungen, die für andere ein Kinderspiel sind, fallen mir inzwischen wirklich schwer. Ich fahre in den schwarzen Taxis kreuz und quer durch die Stadt. Es läßt sich bequem ein- und aussteigen. Ich bin nicht so hinfällig, daß ich nicht gehumpelt wäre, um Hamlet in der Inszenierung der RSC zu sehen, und zwischen den Turners der Tate Gallery bin ich ebenfalls einhergehinkt. Es ärgert mich, daß sein bestes Gemälde in Chicago ist, ich werde es nie wieder zu sehen bekommen.

Alter Traum, ich halte es für wahrscheinlich, nein, ich weiß, das hier wird Aldas letzte Reise ins Ausland. Manch einer läßt sich im Rollstuhl kutschieren, aber ich bin keiner Menschenseele so übelgesonnen, daß ich ihr einen solchen Samariterdienst zumuten würde. Außerdem käme sowieso nur Sigga in Frage, aber sie hat ebenso wie der Rest der Welt genug mit sich selbst zu tun.

Dies ist also das letztemal, daß ich dich im Traum übers Wasser und siebenundsiebzig Berge zu mir locke. Das letzte

Hotelzimmer mit dir als Ehrengast. Aus diesem Anlaß habe ich mir zwanzig rote Rosen gekauft, wie du sie mir einmal in einem Anfall von Verschwendungssucht nach Hause brachtest. Und eine teure Vase dazu. Diesmal habe ich in dein Glas eingeschenkt. Weißt du, es ist lächerlich, aber ich habe sie immer bei mir gehabt, die beiden Gläser, aus denen wir am ersten April tranken, an dem Tag, als ich mich ganz unerwartet für immer von dir verabschiedete.

Etwas ist mir nach wie vor schleierhaft: Bin ich die Person, die stärker als die anderen war und das Gefühl ernst nahm und nicht zu fliehen versuchte und meinen Träumen ins Auge sah, Träumen von dir, oder bin ich ein monomanes Weibchen, das sich aus verstockter Dummheit heraus weigert, sich dämlichen Spielregeln zu beugen? Denn wer bekommt schon den, den er möchte? Den man verdient hat.

Dennoch weiß ich, daß wir einander hätten bekommen sollen. Allmächtiger und all ihr himmlischen Heerscharen, wieviel besser hätten sowohl du als auch ich uns miteinander gestanden als jeder für sich. Stell dir vor, wie gut ich darin gewesen wäre, die Politik für dich im richtigen Licht zu sehen, wie viele prima Ratschläge und Hinweise ich dir hätte geben können und wieviel interessanter alles für dich geworden wäre, ganz zu schweigen davon, wieviel leichter, wenn ich dabeigewesen wäre. Für mich wäre das Leben nicht so lächerlich geworden, wie es wird und war. Ein Riesenteddy im Gepäck, Träume und obendrein noch Tagträume. Ja. Je mehr die Hoffnung auf dich schwindet, desto mehr existiere ich sozusagen nur noch in meinen Träumen und auf Reisen. Wenn man sich an unbekannten Orten herumtreibt, kann man aufleben, obwohl Reisen langweilig ist.

Trotzdem sah ich erst, als ich mit Tränen in den Augen aufwachte, was für eine Idiotie mein sogenanntes Leben früher war. Es begann erst, lange nachdem sich unsere Wege getrennt hatten, und geht weiter so. Da war mir klargeworden: Der Traum, den ich geträumt hatte, war nur ein Traum, nichts anderes als ein Traum. Da war mir klargeworden: Ich würde mich weiterhin nachts in einem Tagtraum befinden, mit verkalkter Hüfte.

Der Geliebte allerdings ist nicht wegen der Unterzeichneten heulend aufgewacht. Er ist unfähig zu leiden. Das ist der Schlüssel zu seiner Persönlichkeit. Über solche Männer wird gesagt, daß sie stark seien. Nie heißt es, daß es ihnen an etwas fehlt.

»Unsere Angelegenheit« hat dir nie zu schaffen gemacht. Aber ich sehe auf Fotos, wie dein Ausdruck sich verändert und leer wird. Zu unserer Zeit war das Antlitz wie ein Vollmond am wolkenlosen Himmel. Jetzt Halbmond in Wolken. Es war deiner unwürdig, daß die Physiognomie schrumpfte. Du hättest es verdient gehabt, mit mir zu sein. Jede Nacht hätte ich dir Mondlicht ins Gesicht gepumpt und tagsüber Sonnenlicht. Die Sorgenwolken der Augen hätte ich mit den Fächern meiner Hände verscheucht. Aber dein mangelnder Weitblick wollte, daß ich diese wohltätige Beschäftigung einstellte.

Deine Alda.

* * *

Der gestrige Waldspaziergang. Bei dreißig Grad Hitze, im Schatten. Der Wald sollte unser Haus sein, ewig veränderliche grüne Laubtropfen, sonnendurchlässige. Wo Tiere eine Zuflucht unter lebendigem Dach hatten. Zumeist Vögel und Fliegen summen und tönen in der Luft. Heute wurden die Insekten meine Freunde. Sogar gefährliche Hornissen konnten mir nichts anhaben. Ich legte mich unter einen Baumstamm zwischen Farnen auf eine Decke. Der Wald wird lebendig, je weiter man nach oben kommt. Ganz unten ist er vermodert, tot. Die Bäume stellen sich selbst in den Schatten, schließen das Licht von den eigenen Stämmen aus. Darunter ist festgestampfter isländischer Boden.

Vögel lassen sich kurz bei mir nieder und sagen: Lüge, daß du umsonst gelebt hast. Und ich wußte, es war wahr, obwohl du mir in dem tanzenden Blättermeer fehltest, das über mir wogte. Ich mache dich zu dem Baum, zu dessen Füßen ich liege und dessen Krone sich dem Himmel nähert. Jetzt hätte ich einschlafen sollen, eine kinderlose Frau im Wald. Es wäre richtig, an dem Tag das Zeitliche zu segnen, wo man begreift, daß Aufbruch nicht schlechter als Verweilen ist.

Das Summen unangenehmer Fliegen und ordinärer Wespen geht mir nicht durch und durch, wie es das an allen anderen Tagen meines Lebens getan hat. Heute dürfen sie fliegen, summen und stechen, ganz wie es ihnen paßt und wie auch immer sie heißen mögen. Ich mische mich da heute nicht ein.

Falls ich zu deinen Wurzeln einschlummern sollte, dann komm in meinen Traum und lehre mich, ein tanzender Baum mit einer Krone zu sein, in die die Sonne scheint. Stell dir vor: Ich träume, wir seien Seite-an-Seite-Bäume im Wald und unsere lebendigen Laubkronen wüchsen zusammen und bildeten die Wurzeln des Himmels.

* * *

Ich trollte mich zum Strand, Wind von hinten. Treibsand stach mir in den Rücken. Schlendre barfuß am glänzenden Ufer entlang. An zerbröckeltem Beton, Kriegsüberbleibseln, saßen Generationen unter leuchtend bunten Sonnenschirmen beieinander. Ich dachte an die Invasion, D-day, ich stapfte den Strand entlang, mit der Sonne auf der Schläfe, dorthin, wo die Leuchtklippen aufragen. England stellt sich auf die Zehenspitzen. Auf der anderen Seite des Kanals. Jetzt segeln auf ihm geschmolzene Schiffe nach niet- und nagelfesten Ländern.

Anweisung für Maritimes Benehmen

Die Umarmung des Meeres ist zunächst kalt und übelschmekkend wegen des Salzes. Warte ruhig auf Welle Alda. Wenn sie kommt, dann laß sie dich nehmen. Es ist die weiße Welle. Jenseits von ihr sind die Wellenkämme unterschiedlich hoch. Schnell nach oben mit dir, damit du auf ihnen treibst, bevor sie über dir zusammenschlagen und dich wie ein Meereskissen ersticken. Auf dem Rücken oben auf den Meereshöhen wird der Zug der Wolken offenbar. Die Umarmung des Meeres weder kalt noch warm. Keine Umarmung, nein, es ist eine selbstverständliche Vereinigung. Die Bewegungen des Meeres sind genau richtig für mich, es sind meine Bewegungen.

* * *

Reykjavík, den 21. Dezember

Meine einzige Liebe,
Weil heute der Jahrestag unserer Beziehung ist, denke ich, es ist das beste, wenn ich jetzt endlich alles offen sage, damit ich sicher sein kann, alles getan zu haben, was in meiner Macht gestanden hat und steht, um das Mißverständnis meines Lebens zu korrigieren. Nach reiflicher Überlegung habe ich beschlossen, daß ich es mir eigentlich schuldig bin, dir einen solchen Brief zu schreiben, damit du, wenn auch spät, erfährst, daß ich dich immer noch liebe, und zwar nicht weniger als damals, als wir zusammen waren. Die rätselhaften Lakunen deiner Gefühle auszufüllen, übersteigt meine Fähigkeiten. Deswegen sage ich nur:

Wenn es dir irgendwie ähnlich ergeht, dann, Liebster, laß es mich wissen, brieflich, telefonisch oder persönlich. Selbstverständlich weißt du, daß ich immer noch am selben Ort wohne, und es ist kaum anzunehmen, daß ich jetzt noch umziehe. Laß uns nicht dafür bekannt werden, daß wir gewöhnliche Menschen sind, die die Liebe auf die leichte Schulter genommen haben. Denn wir sind ungewöhnliche Menschen. Wir könnten in der Privatlotterie gewinnen. Karriere zu machen ist kein hoher Gewinn für dich. Der Höchstgewinn wäre, in einem Satz ins Ziel zu mir springen. Wenn man nicht auf halbem Weg steckenbleiben will, muß man springen. Die ganze Strecke in einem Satz. Wir machten nur einen halben Satz. Laß uns nicht länger mit so einem kleinen halbherzigen Hopser leben wie alle anderen. Ich weiß, du hast Sehnsucht danach, zu mir nach Hause zu kommen und mich in die Arme zu nehmen und mir etwas zuzuflüstern und mich zu streicheln. Zögere nicht, nicht mehr, keinen Augenblick. Die Sache ist ernst. Wir haben nur dieses eine Leben, und das wird nicht länger.

Alda O

* * *

DOTSERO, COLO
Altitude 6, 156 ft

Here the Eagle River joins the Colorado. And here the railroad joins the Rio Grande's Royal Gorge route from Pueblo. From this point a survey was made of the Colorado River in 1885. As the initial point it appears on the record as »O« (dot zero). Hence the name. Alda O (dotsero) Ívarsen

Das Zugabteil ist mein Sarg.
Vergangene Welt
unterwegs vor das fahrende Fenster gespannt

von morgens bis abends
über die Prärie bei halbem Licht

Abends schwebt über Gleise
lautloser Zug

auf dem Weg in verschneite Schlucht.

Hinein in einen Tunnel. Und hinaus. Leb wohl.

Im nächsten Tunnel nageln sie dann die Vorhänge vor

und dann muß ich nicht an dich denken und wie herrlich es in deinen Armen war. Nein, dann werde ich ausgestreckt liegen
im Einzelabteil
das genau
für mich paßt, ich schaue an der Canyonwand hoch, wo die Bäume waagerecht wachsen und flach liegen wie Alda im Zug. Weihnachtsbäume in Colorado. Weihnachtsbäume in Weihorado. Und denke nicht an dich, zumindestens bin ich froh, daß du nicht in der Nähe bist, ich möchte meiner Wege gehen und sie beenden, frei vom Gedanken an dich.

Im gepolsterten Zugsarg
nächster Halt Endstation
STOP

Da kommt der Schaffner, um das Laken über mich zu breiten

mit bestem Dank im voraus
dein Passagier.

Mein Portemonnaie liegt auf der Brust
nimm dir dein Trinkgeld selber.

Und hoffentlich wirst du es sein mit dem Bart, ja du,
und nicht der Glatzkopf:
ein Gnom mit Schirmmütze.

Feierlicher Schulanfang II

Dies ist kein Herbst wie damals im Herbst. Es fällt kein Niederschlag. Kein Anton mit Regenschirm. Mein Freund. Pure Sonne scheint am eiskalten Himmel. Laubleichte Bäume in den letzten Takten, eins zwei, einszwei. Das gleiche Datum. Und der Direktor steht an meiner Seite wie damals. Ich weiß, du bist noch nicht da. Nicht einmal, um mich zu sehen. Ich schau auf, und du schlenderst nicht herum, du stehst still im gleichen Mantel mit dem gleichen Regenschirm an der steinernen Wand des Parlamentsgebäudes, mir zulächelnd, als ob nichts geschehen wäre. Dennoch weißt du ganz genau, daß unser Sohn jetzt nicht mehr in Betracht kommt. Du mußt natürlich die Konsequenzen auf dich nehmen, daß du mich verlassen hast, als noch Zeit war.

Alda allein oben

Sigga kommt immer freitags und manchmal mittwochs. Sie hat all ihre Sachen geholt. Eine Kiste nach der anderen. Alle Sachen von Alma fort. Nur noch Aldas Sachen übrig und Alda.

Siggas Freund kommt nur ganz selten mit. Ich bin wirklich froh darüber. Er ist nicht besonders interessant und beileibe nicht schön. Er setzt Sigga auch auf dieselbe Weise unter Druck, wie die meisten Männer ihre Frauen unter Druck setzen. Sie muß sich immer klein machen, wenn er dabei ist. Wir haben es gut, die wir uns ohne Mann aufrichten konnten.

Ich habe ihnen natürlich angeboten, weiterhin in Almas Wohnung zu bleiben. Aber die jungen Leute wollen eine neue Wohnung. Ganz wie sie wollen. Ich denke nicht daran, die untere Etage zu vermieten. Ich hause lieber allein im oberen Stock dieses Zweietagenhauses. Die untere Etage menschenleer. Das trifft sich gut. Egill hat zwar Interesse angemeldet, aber das kommt überhaupt nicht in Frage. Und vielleicht meint er es nicht ernst.

Die arme Sigga macht sich Sorgen um mich im Familiensitz, doppelte Sorgen, denn jetzt bin ich sowohl Mutter als auch Vater für sie. Aber ich mache mir über niemand Sorgen. Auch die Sorgen sind mir genommen worden. Ich bin ein kinderloses Elternteil. Wollte, ich wäre Schwester. Irgendjemandes Schwester. Es wäre ganz anders hier bei mir zu Hause, wenn Alma geblieben wäre. Vor allem anders für sie natürlich. Der Tod ist ein Skandal.

So hat ihn Alma auch aufgefaßt. Als wäre er ein alter geiler Bock, der sie zu einem obszönen Tanz aufgefordert hätte, und sie müßte ihn über sich ergehen lassen, bis das Orchester eine neue Melodie anstimmt. Als der Tod sie lüstern kniff, blickte sie geistesabwesend über seine Schulter und ließ sich nichts anmerken.

Merkwürdig, aber ich bemitleide Alma dafür, daß sie tot ist. Ich bemitleide sie mehr, als ich je ein lebendes Wesen bemitleidet habe. Denn was ist dümmer als Tote, daseinslos in keinem Dasein, landlos in keinem Land. Besser, untot in einem Unland zu sein.

Freistunde im Oktober II

Ich habe mir vorgenommen, an meinen Geburtstagen Rosen auf unser Grab zu legen, in Galoschen für alle Jahreszeiten in den Herbstfarben der Erde herumwatend. Blumen in der Linken, Regenschirm in der Rechten. Manchmal verbergen sich da noch männliche Wesen im Oktobergarten, Dichter oder Liebhaber, so wie du. Im Tor sehe ich deutlich dein Gesicht an meinem siebenunddreißigsten Geburtstag, aber ich bedaure zutiefst, eingerostet zu sein, was die Farbe der Augen betrifft. An die Blicke selbst, die wir während der Zeit vom 21. Dez. bis zum 1. April austauschten, kann ich mich noch erinnern.

Ich verstehe jetzt nicht, wie vorsichtig wir einander
um die Augen gingen
Wir blickten nicht starr und überaus fragend nach Art
der Normalen
Wenn du wegblicktest, dann gestattete ich es
ohne deinem Blick zu folgen.

Du tatest es mir nach, wenn ich wegblickte.
Denn die Erlaubnis beruhte auf Gegenseitigkeit
wie alles, was sich zwischen uns abspielte
vom einundzwanzigsten Dezember bis zum ersten April.

Ich lege die Rosen auf das Grab von Alma Oddsdóttir Ívarsen. Meiner Schwester, die aufgehört hat zu existieren. Überlege dann und nehme eine, um sie auf das kleine Grab meiner Namensvetterin Alda Oddsdóttir Ívarsen zu legen, meiner Schwester, die nie existiert hat. Tot geboren, ein Jahr vor mir.

Ich rufe mir die Minuten auf dem Familiengrab ins Gedächtnis, eines frostkalten Abends mit Nordlichtern über den Köpfen von Anton und mir. Zu der Zeit, als das Leben intakt war und sich Wünsche nicht zu erfüllen brauchten. Im Glück der Einhundert Tage.

Zum Glück wußte ich nicht, daß Alma so schnell von der Bühne abtreten würde, und demnächst auch ich. Aus dem Anblick der Lichter entschwundene Schwestern.

Zum Glück wußte ich damals nicht, daß du mich hintergehen würdest, mich verlassen, mich verspotten. Zum Glück hatte ich damals noch keine Ahnung, wie alles kommen würde. Wie alles kommen wird. *Ich weiß es jetzt. Es ist gekommen.*

Der Einjahresplan

Eines ist meiner Meinung nach ein Denkfehler bei den meisten alten Leuten, nämlich ihr Zaudern, sich ein Ende zu machen, wenn das Maß voll ist. Denkfehler ist vielleicht nicht das richtige Wort. Geistige Trägheit und Lethargie des Alters sind eher zutreffend. Das Leben vieler wird im Alter unerträglich, sie fallen sich selbst und anderen zur Last. Dennoch treffen die allerwenigsten Vorsorge oder zeigen ganz einfach die Weitsicht, die es braucht, um hier einzuschreiten. Bis hierher und nicht weiter. Das ist natürlich bezeichnend für die Leute. Lassen alles schludern. Machen sich womöglich weis, daß irgendwelche höheren Mächte die Fäden in der Hand haben, wenn alles, was man sich besorgen muß, ein Strick ist oder, noch zuverlässiger, Ketten aus einem x-beliebigen Eisenwarengeschäft. Zum Glück bin ich nicht so lasch wie normale Leute. Ich sage mir selbst: Reicht's jetzt nicht so langsam? Aber ich kann die Dinge so weiterlaufen lassen, solange ich noch imstande bin, mir selbst zu helfen. Man hat eine Daseinsberechtigung, solange man selber kochen und zur Toilette gehen kann.

Schon seit vielen Jahren sammle ich für die Dosis, ganz normale Schlaftabletten, die ich aber jedes zweite Jahr im Dezember erneuere, für den Fall, daß der Wirkstoff nachlassen sollte. Ja, es hätte wohl wenig Sinn, sich mit Tabletten umzubringen, deren Verfallsdatum überschritten ist. Peinlich für jemanden in meinem Alter, falls die Aktion mißlingen sollte. Ich bewahre sie in der Nachttischschublade in einem normalen Pillenglas mit der Aufschrift Alda O Ívarsen auf, zusammen mit einer Flasche Malzbier und einem Öffner. Ansonsten trinke ich nie Malzbier. Das erneuere ich jedes Jahr, damit es nicht anfängt zu gären. Das Malzbier habe ich absichtlich im Nachttisch und nicht im Kühlschrank. Mein Hintergedanke war, wenn es einem tatsächlich einmal schlechter gehen sollte als gewöhnlich, käme man vielleicht bei diesem Zustand der Gliedmaßen nicht mehr in die Küche, und ich hatte etwas gegen den Gedanken, dreißig Schlaftabletten auf einen Rutsch zu schlucken, ohne irgend etwas zum Herunterspülen zu haben.

Es wäre zu wünschen, daß diese Maßnahme nie notwendig sein wird, ich bin gegen Tabletten und erst recht gegen anderes, nein, es wäre wünschenswert, einfach im Schlaf im obermedizinalrätlichen Bett zu erlöschen und nicht in einem Krankenbett, umgeben von lauter Leuten, die jenseits von Gut und Böse sind.

Wenn es dazu kommt, daß ich die Dosis anwenden muß, dann ist da eine Sache, auf die ich mich wirklich nicht freue, obwohl ich couragierte Greisin mich vor nichts bange machen lasse, und das ist das Warten. Warten darauf, daß die Tabletten wirken, um mich hinaus ins All zu befördern. Es wird ein langer Countdown, vielleicht eine Stunde oder mehr. Lebenslanges Warten darauf, abgeschossen zu werden. Auf die Umlaufbahn um null und nix. Hinein in ein astronomisches Schwarzes Loch. Ich finde es schon merkwürdig genug, mir manchmal vorzustellen, den Abgang zu machen. Wie wird es wohl sein, Gewißheit zu haben? Ich bilde mir ein, mich selbst einigermaßen zu kennen. Aber kennt sich irgend jemand selbst so gut, daß er weiß, was in ihm vorgehen würde, wenn er auf das drei-zwei-eins-null wartet?

Mir ist es unangenehm zu wissen, daß diese Sache nicht nur mich allein betrifft. Aber weil ich so dumm war, mich mit Simon einzulassen, zugegebenermaßen nur aus seniler Verzweiflung heraus, muß ich wohl auch ein wenig an ihn denken. Nichts forcieren, bevor es nicht wirklich unter den Nägeln brennt, und ihm gestatten, mich zu haben, solange es irgendwie vertretbar ist.

Es war ein großer Fehler meinerseits, Simon von den Präventivvorrichtungen im Nachttisch zu erzählen (in angesäuseltem Zustand natürlich). Simon verträgt kein rationales Vorgehen. Das nennt man feinfühlig. Und natürlich hat er falsche Vorstellungen wie die, daß er auch etwas mit der Sache zu tun habe. Er scheint nicht zu verstehen, daß ich es bin und diese verkalkte Hüfte, die beim Countdown involviert sind. Simon kann leider eine Invalide nicht wieder auf die Beine bringen. Er ist wirklich kein Realist, dieser Engel. Das ganze Brimborium um die Tabletten nimmt ihn mit. Seiner Meinung nach sind meine Vorbereitungsstrategien der reinste Aberwitz. Er würde mir das Glas wegnehmen, wenn er den Mut dazu hätte. Wie konnte ich nur so blöde sein, das auszuplaudern. Ich war früher unter Alkoholeinfluß nicht so geschwätzig. So schwindet die eigene Glorie. Man wird alt und mürbe.

Wenn Simon nur ein bißchen Verstand hätte, würde er seinen Vorteil darin sehen, den Countdown gleichzeitig mit mir abzuwickeln, obschon er vielleicht keinen Grund hat, sich von dannen zu machen, bestens zu Fuß und alles in Ordnung, außer der Pumpe, die läßt irgendwie nach. Aber natürlich weiß er, was Sache ist, daß ich es nämlich kaum noch länger als ein Jahr machen werde, d.h. unter eigener Regie. Und ich sehe mich im Geiste, wie ich zu ihm ziehe oder umgekehrt. Es soll mir nicht im Alter widerfahren, daß ich mich bei einem anderen Greis einquartiere.

Atheismus ohne dich

Du bist zwar an und für sich ein gutaussehender Mann, aber natürlich gab es viele wie dich. Es war nichts Besonderes an dir, außer daß ich dich so angehimmelt habe, daß ich die Sonne nicht mehr sah, ganz zu schweigen vom Mond. Wie soll ich das erklären? Mit Worten. Du brauchtest mich bloß gerade eben mit den Fingerspitzen antippen, und schon hattest du mich in eine andere Welt versetzt.

Liebesspiele mit anderen waren Zeitvertreib und Kinkerlitzchen. Es ist vielleicht unmoralisch, aber die Zeit vergeht schnell. Und es geht wohl nur Gott und mich an, wie ich die Zeit totschlage. Ganz schön clever von mir, von nichts und niemand abhängig zu sein als von mir selbst und Gott, das heißt also nur von mir, denn du existierst nicht, mein Alter, obwohl es eine Schande ist, und Gott mag wissen, daß ich mich nicht so völlig alleinstehend fühlen würde, wenn du mit deinem ewigen Segen über und um mich wärest wie die Engel und mich in Empfang nehmen würdest, wenn ich griesgrämig über den Jordan humpele; hättest bereits eine Sightseeingtour arrangiert und ein Hotel für Alda mit dem dunkelblauen Samtkoffer, den sie für ein

Mordsgeld auf einer ihrer Reisen nach London kaufte. Alleinstehend. Ach, mich ödet dieses Wort mit Bezug auf mich selbst an. Obwohl ich mir selbst diese Rolle gewählt habe. Ich, die ich dich zur Seite haben könnte, wenn ich wollte, um deine Nähe zu spüren wie in alten Zeiten, als ich abends andächtig die Hände für dich gefaltet habe.

Ist das denn nicht der stärkste Beweis für meinen gußeisernen Charakter, daß ich dem Alten nicht auf Dauer verfiel? Als ich zu Verstand kam, sah ich natürlich, daß die Leute nur an ihn glaubten, weil sie es besser fanden. Es war völlig nebensächlich, ob er existierte.

Ich unterscheide mich nicht von den anderen in dem Sinne, daß ich mir wünschte, Gott wäre hier und überall, um Hilfe und Stütze bei ihm zu finden. Aber ich weigere mich, Wunschdenken walten zu lassen. Ich wüßte nur zu gut meine Motive, wenn ich kritiklos an ihn glauben würde. Nur weil ich es so haben wollte, weil es *mir* wohlgefällig wäre, nicht ihm, nein, mir und meinen Bedürfnissen in Elend und Alter.

Es liegt auf der Hand, daß wir an Gott zu seinen Ehren glauben müssen, nicht zu unserer eigenen. Ich bin ein solcher Prinzipmensch, daß ich nicht auf falschen Voraussetzungen aufbauen will. Entscheiden wir uns für das, was sich als wahrscheinlicher erweist, und erkennen wir Tatsachen an: Er existiert nicht. Leider Gottes.

Ich kann nicht anfangen, nur so sicherheitshalber an ihn zu glauben: falls er existieren sollte.

Du warst Jesus

Ich bin nicht immer verbittert darüber, daß ich das Leben auf uns verschwende. Hätte ich etwas Besseres mit der Zeit anfangen können? Soviel steht fest, ich konnte nicht einfach dem nächsten Mann mein Herz schenken, nachdem ich es einmal dir geschenkt hatte.

Wie könnte ich einen anderen als dich lieben? Dich, der du größer bist als Größenordnungen. Dich, zu dem ich aufschaute. Ich habe niemals zu einem anderen aufgeschaut als zu dir. Zu deinem Herzen und deinem Kopf. Und ich stellte mich auf die Zehenspitzen. Ich reckte mich.

Wie könnte ich jemand anderen als dich lieben? Mit der großen heißen Umarmung, der Herzlichkeit, der Liebenswürdigkeit, der allumfassenden universellen Liebenswürdigkeit, von der sich Kinder und Hunde angezogen fühlen. Du trugst den Erdball in deinen Armen und beschütztest ihn, und du warst Jesus, der die Kindlein zu sich kommen ließ und mich auch und untersagtest es nicht (erst nach einhundert Tagen). Du warst der nicht zu bremsende Verstandesmensch, und du warst der Mann, der so sehr zu sich selbst aufblickte, daß du auch uns dazu zwangst. Sogar mich.

Die Kinderlosigkeit

Alles, was dich betrifft, bleibt mir verborgen. Ich erfahre nur aus den Zeitungen etwas über dich. Aber da steht nichts über Kinderlosigkeit. Ich finde es am schlimmsten, nicht zu wissen, wie es dir seitdem ergangen ist.

Manches sehe ich auf Bildern. Daß das Leben ohne Alda bedeutet: Du bist nicht der, der du sein könntest. Du bist nicht der, der du sein solltest.

Es wäre mir sehr lieb, wenn du ein Kind hättest. Gleichgültig, wer die Mutter wäre. Ich sehe deinen Sohn vor mir und wünschte, es gäbe ihn: wie du, als du klein warst. Lange bevor ich dich kennenlernen durfte. Ein ziemlich überheblicher siebenjähriger Knirps im Sonntagsanzug.

Du müßtest eigentlich fortleben, in einem anderen.

Ich wollte, ich wüßte warum. Dachtest du an die Bombe? Nein, das ist nicht dein Stil, vor Bomben zu kapitulieren. Vielleicht kann deine Frau keine Kinder bekommen. Das sähe ihr ähnlich.

Ich darf mir nicht gestatten, an unsere Kinder zu denken. Aus vornehmer Familie wie ich, imponierend wie du, glänzende Kinder mit polierter Seele. Ein geniales Gengemisch.

Nicht kleinzukriegen – darum

Am heutigen Samstag danke ich Gott dafür, daß es dich gab und gibt und daß du mir aus einzigartiger Gnade heraus gestattet hast, für exakt einhundert Tage ebenfalls zu existieren. Manche haben nie existiert. Besonders danke ich dir dafür, daß ich dich so oft und ausgiebig lieben durfte. Ich glaube, daß meine Liebe zu dir mich zur Heroin gemacht hat. Ich bewundere mich und sage: Bist das wirklich du, die all die Zeit, ohne mit der Wimper zu zucken, so unsagbar, so übermäßig liebte? Bist du es, die der Welt schönste Gedanken dachte? Bist du es, die Wahres nicht ruhen lassen konnte, weil die Wahrheit das Höchste IST, koste es, was es wolle?

Aus Anlaß dieses Tages und des herrlichen Wetters nehme ich mir, eine kleine Flasche Cognac in der Tasche, ein Taxi nach Heidmörk*. Die Mulde, in der wir lagen, ist nicht weit von der Straße. Ich setze mich und trinke mir ein Gläschen. Unsere gemeinsame Freundin die Sonne wärmt mir die äußere gealterte Hülle, und der Cognac wärmt, was drinnen ist.

Ob du wohl je wieder in diese Mulde mit dem Heidekraut gekommen bist? Das gehört zu den Dingen, die ich nie erfahren werde.

Ich lasse den Taxifahrer eine Stunde warten. Keine Ahnung, was der über mich denkt. Nächstes Mal nehme ich eine Staffelei mit, um glaubwürdig zu wirken. In der Mulde ziehe ich den Pullover aus, aber nicht mehr, um nicht meine Krampfadern

* Heidmörk: Aufforstungs- und Erholungsgebiet in der Nähe von Reykjavík.

vor Augen haben zu müssen, trinke noch ein Gläschen und über mir und um mich das vollkommene Blau wie in deinen gleichfarbigen Augen, Fortsetzung des Himmelsstreifens. An dem Tag, an dem ich vor Seligkeit starb.

An diesem Samstag pfeife ich auf Seligkeiten. Ich liebe das Leben in Reinkultur, und ich weiß und begreife, daß sogar für Menschen wie uns nicht alles möglich ist. Obwohl die Gründe für Zurück und für Stop ad infinitum fehlen. Obwohl die Gründe das kosmische Darum sind. Ich nehme Darum wie jedes andere Faktum zur Kenntnis und spüre nach wie vor in mir die fest verwurzelte Liebe zu dir. Superzäh, nicht kleinzukriegen, wie das Heidekraut im Moos an der Wange.

Variation auf das Anstaltsthema

Zukunft: maximal ein Jahr.
Den Einjahresplan nicht vergessen.

Ich, sogar eine Person wie ich, kann dazu gezwungen sein, sich selbst an die Kandare zu nehmen und sich daran zu erinnern, was geschieht, wenn sie sich nicht an den Einjahresplan hält.

Es würde mit einer sogenannten Haushaltshilfe anfangen, mit irgendeiner Frauensperson, die einmal am Tag käme, um schlechtes Essen zu kochen, Aldas nicht würdig. Fischfraß. Fischstäbchen und Pökelfisch. Diese Person würde in meinen Sachen herumschnüffeln und so tun, als ob sie den Staub von den Antiquitäten putzt. Sie würde einkaufen gehen und bestimmt die Rechnungen fälschen, um das Geld in die eigene Tasche zu stecken.

Auf dieser Stufe wäre ich nicht mehr fähig, allein in die Stadt zu kommen, wäre hier am Meer eingesperrt. Also. Wenn die Haushaltshilfe nicht mehr ausreichte, würde Sigga es sicherlich als ihre Pflicht empfinden, mich zu sich zu nehmen. Und wie wollte sie das machen? Als berufstätige Frau. Die Arbeit aufgeben vielleicht? Großartig, mich den ganzen Tag im Rollstuhl um sich zu haben. Würde nicht mal ohne Hilfe zur Toilette kommen. Außerordentlich erbaulich für Sigga, ein Viertel des Tages damit zu verbringen, mir aufs Klo und wieder herunter zu helfen. Und dann die vielgepriesenen Anstalten.

Ich bitte die Anwesenden, sich Alda Oddsdóttir mit dem vornehmen Familiennamen im Lallersheim vorzustellen. Tra-la-la-la-la-la-la-la-tra-la-la-la-la-la-ladi. Die kregle Tochter des Obermedizinalrats unter fünfundachtzig senilen Halbidioten. Ich bin in solchen Häusern gewesen. Lauter Ach und Seufz und Gehumpel und Gestammel und dummes Zeug, und dazwischen einigermaßen gesunde und geistig rüstige Individuen, die ich weiß nicht was entgelten müssen, ihr Leben an einem solchen Ort zu beenden.

Sigga käme zweimal in der Woche, höchstens dreimal, mit Zeitungen und Süßigkeiten, und ich Ärmste, ich habe nie was für billiges Naschwerk übrig gehabt, nur für exquisites Konfekt, und das kann Sigga sich nicht leisten. Simon käme vielleicht jeden Tag, aber weiß der Himmel, was Egill machen würde. Es kämen noch andere, alte Kollegen, aber du kämst nicht. In einer Anstalt eingesperrt und endgültig ohne Hoffnung, dich noch einmal wiederzusehen. Was nützt es mir dann, daß die Atemwege funktionieren? Wenn ich nicht mehr am Meer oder in der Stadt promenieren kann, in der Hoffnung, dich federnden Schritts über den Austurvöllur eilen zu sehen – vom Parlament zum Postamt. Und was nützt mir ein widerstandsfähiger Herzmuskel, wenn ich kein Soufflé mehr backen und keinen Hummer mehr grillen und nicht mehr ins Alkoholmonopol gehen kann? (Ja, und was nützten mir akzeptable Verdauung und normaler Blutdruck in Lieblosigkeit und Leblosigkeit ohne dich?)

Arma im Lallersheim

Arma: Verzeihung
Krnkschw.: Abawiesodenn
Arma: Fezeiung, dasnich tot bin ode töter.
Krnkschw.: Tcha, issoch nixu fezeien — maks nix ... kuckma. Binnicha aux nix tot.
Arma: Issawassanners ... fintich müss tot sein.
Krnkschw.: Nixnix, Arma, wädoch nix bessä.
Arma: Nee, hassa recht; gibs denn nix Kaffee?
Krnkschw.: Schsch, hier is Kaffeetässen, un jess nix mex an Tod denxen.
Arma: Halles Paghetti, tanke vielmanns füle kassitassi.

* * *

Mein Geliebter,
das ist etwas, dem ich auf den Grund kommen möchte. Ich habe mich so oft gefragt: Ist es nicht Phantasielosigkeit, die das Leben der Menschen ruiniert? Wird unser Leben nicht in falschen Ausdrucksformen gelebt? Müßte es nicht Poesie sein, um überhaupt Leben heißen zu können? Liebesgedichte, Lehrgedichte, Sonette, Gelegenheitsgedichte, Hohelieder?

Ich weiß genau, wie du warst. Du hattest eine poetische Ader, aber du wurdest zu Prosa und wolltest im Bücherschrank stehen. Da hocktest du unbeweglich auf deinem Regal (allerdings jetzt im Schmuckeinband deines Amtes), während ich mit halben Flügeln durch die Welt lahmte und jetzt am Stock gehe.

Ein weiblicher Engel mit gestutzten Flügeln. Wie gesagt, mit Stummeln. Und Stock.

Ehrlich: Ich werde keine schöne Leiche sein. Aber was macht das schon, ich kenne schließlich keine Nekrophilen (nicht, daß ich wüßte).

Manche sind Marxisten, und manche glauben an Gott
nur ich scheine ungewollt an die Liebe geglaubt zu haben
und sieh, wie sie mir mitgespielt hat

Nein, ich glaubte an nichts. Es war Zufall.

Mein Rücken ist kerzengerade.

Ach, ich werde trotzdem eine ganz widerwärtige Leiche.

Ich dürfte zu Lebzeiten wesentlich erträglicher gewesen sein.

Aber erwartet uns das nicht alle?

Ich weiß, was mich erwartet.

Gedanken über (unsere) Beerdigungen

Falls ich vor dir sterben sollte, weiß ich, daß du zu meiner kommst. Ein Mann in deiner gesellschaftlichen Position muß der Beerdigung einer ehemaligen Kollegin beiwohnen. Etwas anderes wäre ungehörig. Aber ich muß dir rundheraus sagen, daß ich nicht zu deiner kommen würde, selbst wenn ich könnte. Ich hätte da nicht das richtige Feeling. Weil ich nicht die ehrenwerte Obertrauernde in der ersten Reihe sein dürfte, wie es mir gebührt. Es gibt eben überhaupt keine Gerechtigkeit, weder im Leben noch im Tod. Wenn ich ginge, müßte ich mich hinten in einer Ecke verkriechen wie bei der Beerdigung von Steindór. ICH, die ich sehr wohl die Hauptfrau in deinem Leben hätte sein können, müßte jetzt im Alter das Mauerblümchen spielen – unwahrscheinlich, daß die alternden Augen naß würden.

(Warum sollte ich überhaupt Kirchentränen über dir vergießen, alte Geschichte?)

Und bildest du dir ein, daß ich den Leuten dabei behilflich sein würde, dich in die harte Erde zu bugsieren? Nein. Ich rühre mich nicht vom Fleck. Ich bleibe zu Hause bei mir und spreche nett mit dem Epiphyllum, das du so inständig bei deinem Zwischen-Weihnachten-und-Neujahr-Besuch bewundert hast. Obwohl es damals nicht geblüht hat. Du bist natürlich ganz perplex, daß es immer noch existiert. Schlimm, daß du es nie in voller Pracht zu Ostern gesehen hast. Ich bin wohl nicht ganz gescheit, daß ich dich zu der Jahreszeit nie zu einer Blumenschau eingeladen habe.

Nein, zu deiner Beerdigung gehe ich bestimmt nicht. Ich bleibe schön daheim im Wohnzimmer und versage mir den Spaß: zu sehen, wie die Träger auf dem letzten Stück fast unter dir zusammenbrechen. Das einzig Vernünftige für solche kolossalen Gestalten wie dich ist sich verbrennen zu lassen. Es ist natürlich nicht sicher, ob du letztendlich umnebelt in Rauch herumtappen willst. Aber mir Ärmsten wäre wohler, wenn ich dich in einer Aschenurne wüßte als in Verwesung wie jede andere Leiche. Ich weiß genau, daß Haare und Zähne am haltbarsten sind, und es würde mir keineswegs angenehm sein, sie nach meinem Tod in schlechter Gesellschaft zu wissen, und das, obwohl das Haar die Farbe gewechselt hat, seitdem ich seinerzeit darin herumwuschelte.

Simon und das Beisammensein

Nur noch ein einziges Jahr abzubrummen. Die Tage gefallen mir nicht, aber mir gefällt es, sie würdig mit den Ohren bei Vivaldi, Schubert und Chopin zu verbringen, mit den Augen bei den Pflanzen, die ich aufzog, eine nach der anderen, die großen alten Blumen mit ganz spezifisch abgegrenzter Persönlichkeit. Diese mithin beinahe verschlissenen Blumen sind meine einzigen Kinder. Ich versuche, nicht darüber nachzudenken, was nach dem Countdown aus ihnen wird. Sie sind das einzige, was ich hinterlasse, und vielleicht noch ein bißchen Simon und Sigga. Ach, ich schiebe es von mir weg. Ich will in Frieden ruhen, bis ich in Frieden abtrete. Kein Friede ist so angenehm wie der, der auf sorgenfreier Zukunft beruht. Denn sie ist fast vorbei. Ich habe nichts anderes zu tun, als mich glücklich zu preisen, Mamas dänischen Eckschrank bei mir zu haben. Eines der schönsten Möbelstücke, die ich kenne. Ein Mensch wie ich muß immer schöne Dinge um sich haben, sowohl draußen als auch drinnen. Wenn ich in einem häßlichen Haus im schäbigen Viertel der Stadt gewohnt hätte, umgeben von geschmacklosem Plunder, das hätte ich nicht überlebt. Und wenn ich arm wäre, dann gnade mir Gott. Es ist eine Sache, jung und arm zu sein, aber alt und arm ist wohl die trostloseste Kombination im menschlichen Leben.

Simon begreift überhaupt nicht, wie ich mir all diesen Luxus leisten konnte, und er ist total entsetzt, als ich ihm sage, daß der ganze Besitz meiner Eltern aufgebraucht sei, bis auf das Haus am Sörlaskjól. Es beruhigt ihn nicht einmal, als ich betone, daß Sigga das bekommen hat, was ihr nach dem Tod ihrer Mutter zustand. Lieber Simon, was soll ich mit Häusern in der ganzen Stadt, ein überaltertes Mädchen mit einem Jahr Verlängerung? Mein Vater, der Obermedizinalrat, hätte sich für diesen Besitz keine bessere Bestimmung ausdenken können, als Alda mit dem Sonntagshaar ein erträgliches Leben zu ermöglichen. Es ist nur recht und billig, wenn der Besitz verstorbener Eltern für die Flugreisen ältlicher Kinder aufkommt. Aber Simon denkt wie alle anderen. Ich glaube, er fände es angenehm, sich mit ein paar Wohnungen abgesichert zu wissen, sogar jetzt noch, in diesem Alter. Lächerlich! Ach Simon, er denkt nicht mit dem Kopf, genausowenig wie andere.

Ich glaube, daß der arme Simon mich irgendwie spannend findet. Vielleicht, weil wir aus so ungleichen Gesellschaftsschichten stammen. Nicht zu glauben, wie ihm das Essen bei mir imponiert. Du bist eine so vornehme Dame, sagte er einmal. Andere hätten ganz einfach Lady gesagt. Aber Simon der Ärmste kann keine Sprache außer Isländisch. Kann mit Müh und Not Dänisch lesen. Lieber nicht daran denken, wenn er versucht, etwas ausländisch auszusprechen. Dann muß ich immer an mich halten. Sein hinterwäldlerisches Englisch hat schon einen ganz besonderen Effekt.

Es macht mir richtig Spaß, für Simon zu kochen. Er ist genau wie ein kleines Kind, wenn er etwas Neues probiert. Man muß es ihm lassen, er ist nicht mäkelig, und ganz im Gegensatz zu den meisten Isländern, gar nicht zu reden von den älteren, überhaupt nicht mißtrauisch gegenüber Neuerungen in der Cuisine. Er sagt, daß seine Frau – seligen Angedenkens – gutes, aber wenig abwechslungsreiches Essen gekocht habe. Man weiß, was das bedeutet, Fisch und abermals Fisch, Milch und wieder Milch, Fett über Schmalz. Wenn es einmal eine Abwechslung geben sollte, war das Kochbuch von Oberhausfrau Helga Sigurdardóttir natürlich die Bibel des Hauses. Wie hätte es anders sein können, die Verstorbene konnte sich wohl nicht einmal auf dänisch verständlich machen. Es ist mir unbegreiflich, wie Leute es schaffen, sich selbst um so geringes Wissen herumzudrücken.

Simon und mir geht es sonntags mittags wirklich gut hier. Ich stecke nicht mit meinen Ansprüchen zurück, immer drei Gänge. Und ich achte darauf, nicht immer dasselbe zu haben. Nach dem Essen weiche ich die Teller ein und mache die Küchentür zu. Wir gehen ins Wohnzimmer, Simon und ich, und zünden Kerzen an. Auf dem Tisch sind immer rote Rosen, wenn es sie gibt, sonst Tulpen oder Lilien. Sigga kauft freitags die Blumen. Wenn es Rosen sind, haben sie sich am Sonntag geöffnet. Wir setzen uns mit Kaffee und Cognac ins Plüschsofa und hören etwas Schönes. Simon entwickelt so langsam einen guten Geschmack für Klassik. (Besser spät als nie.) Wir halten Händchen, und er ist ganz begeistert, und ich klage nicht (selbst wenn die Gefühle keineswegs restlos gegenseitig sind).

Manchmal machen wir einen kleinen Spaziergang am Strand, wenn das Wetter gut ist. Dann ist mein Gang hin und wieder etwas unsicher, nicht davon zu reden, wenn ich mir zwei genehmige. Unsicher auf den Beinen und mit verkalkter Hüfte ist eine äußerst unliebsame Kombination, und einmal stieß ich den Stock in Simons Fuß, so daß er einen blauen Flecken bekam, aber das passierte nur einmal, und er machte mir keine Vorwürfe, obwohl er natürlich wußte, daß ich zuviel getrunken hatte. Bei der Gelegenheit sagte ich auch zu Simon: Das wär ja noch schöner, wenn man nie zuviel trinken würde, denn dann würde man ja nie genug trinken. Simon schüttete sich aus vor Lachen, obwohl ich bezweifle, daß er den Witz wirklich verstanden hat.

Simon ist mir eine gute Stütze, er ist immer noch stark und rüstig. Sonntags nachmittags am Strand spüre ich immer am besten, daß alle Menschen in unserem Alter so nah wie möglich am Meer wohnen sollten, mit Ausblick auf die Berge ringsum.

Das Beste an Simon ist seine Gutherzigkeit. Nach diesem ganzen Leben ist er immer noch arglos und unschuldig. Es ist wunderbar, daß es Menschen gibt, die nicht von häßlicher Lebenserfahrung und endloser Dummheit der Welt gebrandmarkt sind. Er ist ein Engel, dieser arme Tropf, und was macht es schon aus, daß ich nicht vor lauter Liebe zu ihm ausflippe. Heiße Gefühle von Senioren haben nämlich etwas Komisches an sich, obwohl wir angeblich Menschen sind wie andere. Man kann natürlich lange darüber spekulieren, in welchem Maße der Verliebte noch weiter Mensch bleibt, unabhängig vom Alter.

Ich betrachte es als besonderes Glück und kleines Fest, Simon zweimal in der Woche hier zu haben. Er ist überhaupt nicht langweilig. Er ist im Gegenteil eher witzig, und dafür kann ich nur inständig dankbar sein, denn da scheidet sich die Spreu vom Weizen. Simon versucht klugerweise nicht, sich in den Vordergrund zu spielen, sondern er zieht sich die Witze klammheimlich aus dem Ärmel, läßt sie so nebenbei einfließen und wartet nicht auf Gelächter und Applaus. Dennoch lache ich und klatsche, wenn die Fröhlichkeit auf dem Höhepunkt ist. Simon findet es gut, wenn ich lache. Obwohl ich weiß, daß Lachen nicht zu meiner Persönlichkeit paßt. Wahrscheinlich höre ich mich so wie ein Hund an, der beim Hecheln bellt. Ich erinnere mich sehr wohl, daß es dir nie gefiel, wenn ich lachte. Vielleicht hast du gespürt, daß ich nach dir auch nichts zu lachen haben würde.

Abwechslung

gibt's genug. Wirklich schlechte Tage
erstaunlich selten.

Das Gute daran, so weit gekommen zu sein wie ich, ist die Gewißheit, daß es nicht mehr lange dauern wird. Das Gute ist die Gewißheit. Ein junger Mensch weiß nie, ob es kurz oder lang dauert. Aber ich in meinem Alter weiß nur zu gut, daß die Zukunft etwa ein Jahr bedeutet, ich habe es beschlossen. Wenn ich dann nicht aus natürlichen Gründen weg vom Fenster bin, dann bin ich bei meinem körperlichen Klapperzustand gezwungen, selbst etwas zu unternehmen. So wie die Dinge stehen, werde ich nämlich nicht lebendig aus meinem Stübchen heraustransportiert. Es ist wirklich ein Segen, daß Verkalkung schmerzlos ist, wenn man sich nicht bewegt. Gemeint ist Hüftverkalkung. Geistige: nicht vorhanden.

Kein Atemzug im Familiensitz

Man gewöhnt sich nicht daran, nachts aufzuwachen. Wach zu liegen. Auf die Schläge der alten Uhr zu hören. Die gleichen, die ich während der ganzen Kindheit gehört habe. Die gleichen, die ich im Fieberwahn hörte, als der Obermedizinalrat mich ins große Bett geholt hatte, fünf Jahre alt mit Lungenentzündung. In der Nacht fragte ich, ob ich im Sterben läge.

Obermedizinalratslos im Bett der Jugend, älter als fünf Jahre, kann ich über den Tod nachdenken. Ich habe Angst davor, wie er kommt. Ich habe Angst davor, wenn mir der lüsterne Alte mit der Sense über der Schulter im finalen Scharmützel obszön kommt. Ich, für die ein Leben ohne Noblesse undenkbar ist. Und wer kann schon angesichts einer scheußlichen Krankheit Noblesse wahren? Gott bewahre mich vor der Hölle, solange ich lebe. Gott bewahre mich davor, im Krankenhaus ins Bett zu machen. Gott bewahre mich. Zu dumm, daß er nicht existiert. Man würde sich vielleicht in der Dunkelheit nicht so schlecht fühlen, wenn man seine Nähe spüren würde. Oder irgend jemand. Jemand, der atmet. Kein geist- und lebloser Teddy. Kein Atemzug im Familiensitz, Lilien in der Vase auf dem Nachttisch und dreißig Schlaftabletten in der untersten Schublade, dazu eine Flasche Malzbier. Ein Lulatsch von einem Teddy mir zur Gesellschaft, Augen aus blauem Glas. Wie Augen nach dem Tod vermutlich.

Nicht immer mache ich Licht, wenn ich aufwache. Wenn ich Licht mache, dann lese ich meistens Sonette von Shakespeare (You had a father, let your son say so, seligen Angedenkens) und denke über den Schmerz im Kopf nach, der an das Ende gemahnt. Denn Schmerz führt ein eigenständiges Leben und kann jederzeit die Oberhand über ein Menschenleben gewinnen.

Wenn ich kein Licht mache, liege ich mit offenen Augen in der Dunkelheit und sehe zweierlei Blau neben mir glitzern, wenn ich mich an die Finsternis gewöhnt habe und der Schmerz mir gleichgültig ist und ich nur wünschte, daß er im gleichen Moment begonnen hätte, als deine Hände mich zum letztenmal berührten, und schnelle Arbeit geleistet hätte.

So war es immer

Ich weiß, ich träume von dir, während ich schlafe, aber ich weiß nicht was. Mit einer Ausnahme. Als ich aus dem Schlaftraum erwachte. Dem Traum über die Realität, als wir uns auf der Bank unter dem weißen Baum küßten. Deine Nase war rot und ebenso die Lippen. Sie berührten mich wie lauwarm rieselnder Schnee. Deine Augen blauer als der wolkenlose Himmel, am weißesten Tag des Lebens. Du hülltest mich mit Wärme ein, an dem Tag, als ich wußte, daß alles gerade erst anfing. Was nie hätte enden sollen. Das war der Tag, an dem du mich ruhig anschautest. Ich verstand, daß es immer so sein würde.

Das Leben unter Kontrolle

Ich bin sehr froh über vieles, aber am meisten darüber, daß ich stets mein Leben unter Kontrolle hatte. Alles hatte ich unter Kontrolle, nur nicht dich, und das nur deswegen, weil ich seltsamerweise ein unwahrscheinliches Faible für dich habe. Ansonsten bin ich Oberbefehlshaber meines Lebens gewesen. Ich erfand neue Existenzmethoden, genau wie im Gedicht, und sie haben sich bei mir bewährt. Zwar brauchte ich diese Methoden erst zu erfinden, als du passé warst, aber lassen wir das.

Alma und ich waren völlig im Einklang, erlebten alles bewußt, was uns unterkam, und alles, was im Begriff war, uns unterzukommen. Wir hatten ständig unsere Hände im Spiel der Ereignisse und nahmen die Zügel in die Hand, wenn es erforderlich war. Das einzige Versehen von Alma war die Vorgeschichte von Sigga. Aber dieser Fehler war zum Besten für alle.

Ich bin eine Frau mit Substanz gewesen, soviel steht fest. Ziehe vor mir selbst den Hut. Wann habe ich je den Dingen ihren Lauf gelassen, ohne vorher alles genau zu überdenken? Wann habe ich jemanden zu mir ins schmiedeeiserne Bett gezogen, ohne daß es ausdrücklich auf meinem Programm gestanden hätte? Anders als diese Frauen, die es immer mit sich machen lassen, ohne es zu wollen, und hinterher jammern und lamentieren. Wie bedaure ich die Männer, die so etwas über sich ergehen lassen müssen. Und alles nur wegen mangelnder Kontrolle. Weil diese armen Geschöpfe nicht in der Lage sind, über ihr Leben zu bestimmen, noch nicht einmal, wann sie selbst bestiegen werden.

TOD UND TEUFEL, wie ich mich selbst bewundern werde, das Depot im Nachttisch verwendet zu haben, wenn es dazu kommt. Denn natürlich wird es eine ganz schöne Aktion sein, diesen Faden durchzuschneiden. Es wird nie und nimmer leicht sein, denn ich finde es besser zu sein, als nicht zu sein, nachdem ich schon einmal auf die Welt gekommen bin. Ich finde es sogar ganz witzig, immer noch auf meine Weise zu leben. Ich kann alles um mich herum vergessen, wenn ich vom Fenster aus beobachte, wie sich Meer und Licht und Berge und Strand wandeln, und wenn ich in die Stadt gehe, dann sehe ich vielleicht dich. Den sympathischsten Mann der Welt, den ich zu meinem Glück präzise einhundert Tage in Gedanken und Wirklichkeit bei mir hatte.

Aber selbst wenn ich einmal in der Woche das Leben ganz amüsant finde, so ändert es nichts an den Tatsachen. Ich muß das Hauptziel im Auge behalten: die Zügel in der Hand behalten, was mir ja immer gelungen ist, viel besser als den anderen.

Ich bin die Frau, die tat, was richtig war und mir wohlgefällig. Diese Kunst darf mich im Alter nicht im Stich lassen.

Meiner Meinung nach ist die Kontrolle des eigenen Lebens das edelste Ziel, das man sich setzen kann. Ich bin mir bewußt, daß bei mir perfekte Voraussetzungen bestanden, nämlich die Verhältnisse, in die ich hineingeboren wurde, auf die ich allerdings selbst nur geringen Einfluß hatte. Es war nicht mir zu verdanken, daß ich Häuser auf Sörlaskjól, am Laufásvegur, in der Tjarnargata erbte und eine Menge Barvermögen, ganz abgesehen von den feinen feinen Sachen bei Obermedizinalrat Ívarsen und seiner Gattin.

Herrje, ich hätte mich im Geiste sehen mögen, wie ich mich in irgendeiner Bruchbude abrackere, mein Leben zu meistern, und auf den Tisch kommen nur Kartoffeln und Kochfisch. Was gäb's da schon zu meistern, da gäbe es nichts zu meistern, da wäre das Leben nichts wert. Nein, mir selbst hatte ich nur einiges zu verdanken. Was konnte ich schon dazu, daß ich begabt war und schön, eine tolle Figur und knackige Brüste hatte. Das war nicht mein Machwerk. Aber wie ich davon profitiert habe!! Die Leute blieben stehen und gafften. Ich fand das gar nicht schlecht, das muß ich gestehen. Ich genoß es, mich zu zeigen, aber ich hatte wenig Interesse, andere zu sehen. Ich denke oft: Wie leben all diese unsichtbaren Menschen? Die von niemandem beachtet werden. Spüren sie überhaupt, daß sie leben?

* * *

Das, was mich nämlich die ganze Zeit über Wasser gehalten hat, war die Gewißheit: Ich bin großartig. Wenn alles in die Binsen gegangen war, die Liebhaber verschwunden, falls da welche waren, und mich vielleicht sogar betrogen hatten und wenn Sigga und Alma anfingen, sich zu mokieren und mir lockeren Lebenswandel vorzuwerfen, dann schaute ich in den Spiegel und siehe: Es war sehr gut. Denn mein Gesicht war nicht nur schön, sondern auch ausdrucksvoll, und ich wußte, daß ich eine wunderbare Wirkung auf andere ausübte. Alle wollten mich. Man geht nicht gerade kleinlaut durch die Welt, wenn es sich so verhält.

Nun, wenn einer gestorben war oder ich Demütigungen über mich ergehen lassen mußte (man kann nicht immer die Oberhand behalten), dann schaute ich wieder in den Spiegel und ich schminkte mich perfekt und ich schlug das Haar in einem Knoten zusammen und ich zog das schwarze Taftkleid an und siehe, es war keineswegs schlechter. Dann beeilte ich mich, an die fantastischen Auftritte zu denken, an denen ich seinerzeit beteiligt gewesen war und mir eingeredet hatte, sie seien nur der Anfang gewesen.

Und in den Finsterwäldern von Geist, Herz und Niere, da warst du hinter den Bäumen, aber ich sah dich nicht immer, und ich hoffte manchmal, ich hätte dich ganz aus den Augen verloren, du wärest wieder zurück in deiner Welt und wildertest nicht mehr bei den Quellen in meinem Urwald, wo Farne die Erde bedecken. Dann tauchtest du regelmäßig wieder im Licht auf, Waldmensch, Wilderer, Tarzan in den Bäumen, und dann war mir klar, daß der Wald so groß und so dunkel ist, daß du dich ständig darin verbergen könntest, es würde mir nie gelingen, dich zu vertreiben. Nachdem sich das unzählige Male wiederholt hatte, hieß ich dich auf Gedeih, aber nicht Verderb willkommen. Du brauchst nicht länger ein Wilderer auf meinem Land zu sein, die Tiere darfst du zu Lebensunterhalt und Zeitvertreib jagen. Ich bin die Göttin, die dir lebenslängliche Jagderlaubnis im Privatwald erteilt, in dem Alda und der Liebesgott oberste Gebieter sind.

Spanier HÄTTEN WIR SEIN SOLLEN und in der Alhambra unter den Rosen von Generalife te quiero sagen, und wir hätten das Mineralwasser aus den Quellen der Sierra Nevada trinken sollen. O mein Geliebter. Andalusien ist im Geiste immer unser Territorium.

Aber dir wurde gestattet, unbehelligt zu reisen. Allein unterwegs, so wie ich, weil die arme Gattin am liebsten zu Hause bleibt, gebunden an Eisschrank und Herd. Hat panische Angst vor dem Fliegen, habe ich gehört. Provinzgans. Ich bin ganz sicher, daß sie kein großes Licht ist. Sag bloß nicht, daß sie genau die Richtige für dich war. Das wäre ein Armutszeugnis. Überhaupt nicht in deinem Geiste.

Wie es zu uns gepaßt hätte, gemeinsam zu reisen. Ich hätte dich willig mit mir durch die Welt geschleift. Das herrlichste Paar nördlich der Alpen. Alle hätten sich zu uns hingezogen gefühlt, wie zu Nicole und Dick Divers. O Sweetheart. Tea for two.

Mein hinterhältigster Spaß ist allemal, bei feierlichen Anlässen unverhofft auf dich und die Zukurzgeratene zu stoßen. Ich kann nicht beschreiben, wie ungeheuer wohl mir dabei ums Herz wird, die Person zu überstrahlen. In jeder Hinsicht. Aussehen, Garderobe, Auftreten. Alles. Während sie in einer Ecke steht und mit irgendeiner Schachtel schwatzt, scharen sich die Menschen um mich, fehlt nur, daß man mir Gold, Weihrauch, Myrrhe bringt. Wie war es da wohl dem Mann zumute? Sah er den Lapsus seines Lebens, die Stunden der Seligkeit vorbeirauschen? Dachtest du an die Zeit, die wir nie wieder zusammen verbringen sollten, weil du sie uns ohne jeden Anlaß genommen hattest? Zeitdieb. Friedensdieb. Dachtest du an das Lied?

> Two sleepy people with nothing to say
> Much too much in love to break away …

Du verstandest nicht, warum Alda weinte. Das war, weil wir niemals wie die Leute in dem Lied schlafen durften, wir durften bloß wachen, bei uns waren immer Tage, und die Nacht, die heilende, war anderswo, wir waren vom Segen der Nacht ausgeschlossen, wir durften nicht ruhen.

Die göttliche Vorsehung

Abend aller Abende. Gepriesene Sonne. Die alles liebte. Alles mit einem Kuß weckte. Jetzt ins Meer sackt. Und auf eine gewisse Weise freue ich mich mit ihr. Sie schien mir heute auf den nackten Körper. Um mich zu wärmen. Auch innerlich. Eine völlig Nackte. Greisenhafte. Behinderte sonnenbadend auf ihrem Balkon ist natürlich ziemlich komisch. Aber das kümmert mich nicht. Schließe nur die Augen. Und dann sieht niemand diesen furchtbaren Anblick. Nur Gott. Und ihm tut das nur gut. Er ist jemand, der meiner Ansicht nach in einer behüteten Umwelt gelebt hat und dem es an Lebenserfahrung fehlt.

Auf dem Balkon heute wurde ich wieder jung und hielt meine Hand so wie du an einem vergangenen Sonnentag, wie du an einem wunderschönen Tag bei den Tannen. Wie du.

Nach dem Abendessen zog ich mich ganz langsam an und setzte mich wieder, um mir den Sonnenuntergang anzugucken. Ich wollte stricken, aber meine Hände sind etwas zitterig geworden. Ich darf das nicht zugeben. Auch nicht, daß ich Angst davor habe, aufzustehen, es könnte fünf Minuten dauern, und manchmal ist es wirklich schmerzhaft. Zum Glück ist der Zustand der Bewegungslosigkeit absolut schmerzfrei. Ich darf das nicht vergessen.

Du solltest mich jetzt sehen, mein Geliebter.

Vielleicht war es göttliche Vorsehung, die uns auseinanderbrachte, damit du mich nie in diesem Zustand erblicken müßtest. Und was wußte ich, was mit deinem Körper werden würde. Vielleicht ein paar graue Haarzotteln auf der Brust, unter den Achseln, mit Busenansatz und weiblichen Hüften. Du siehst flott genug aus im Anzug, aber wie kann ich wissen, was sich darunter verbirgt. Krampfadern?

Vielleicht kann sich eine Person nichts Besseres wünschen, als im besten Viertel der Stadt in Frieden dahinzusiechen, ganz nah am Meeresufer, mit Augenmerk auf die Sonnenuntergänge, bestens versorgt mit Essen und Trinken und Gefährtin eines hingerissenen Greises in der Nähe und eines anderen in der Ferne, der sie aller Wahrscheinlichkeit nach sicher andauernd liebt und ihr ständig in Zeitungen und Sendern erscheint, damit sie ihn ja nicht aus den Augen verliert. Vielleicht kann sich eine Alda nichts Besseres als das wünschen.

Das Gequengel von Simon

Wie oft hab ich nicht stillgeschwiegen, wenn Simon Liebestöne anschlägt und erwartet, daß ich mit gleicher Münze zurückzahle. Es ist, als ob er an gegenseitige Gefühle meinerseits glauben müsse. Davon kann natürlich bei mir keine Rede sein. Warum zum Teufel reicht es ihm nicht, daß ich sage: Ich würde mich noch mehr langweilen, wenn du nicht mittwochs und sonntags zu mir kämst. Das ist auf jeden Fall wahr. Natürlich wäre es netter, wenn er nicht so viel über seine verstorbene Frau reden würde, aber der Ärmste ist auf manchen Gebieten etwas unbedarft. Ich belästige Simon doch auch nicht mit meinen Angelegenheiten. Ich bin klug genug, um dankbar zu sein für einen relativ netten und reinlichen älteren Herrn zum Streicheln und Händchenhalten, solange man mit Geknutsche verschont bleibt.

Simon der Ärmste sagt, daß er mich genauso liebt wie seine verstorbene Frau. Das ist wohl der Superlativ in seiner Vorstellung. Soviel weiß ich, daß er mich bewundert, und einmal hat er gesagt, daß ich unerhört intelligent sei, aber da hatte er eine halbe Sherryflasche geleert, und diese Bemerkung zeigt natürlich bestens, mit welchen Leuten er früher Umgang hatte. Ich hege den starken Verdacht, daß seine Frau weder überschäumte vor, noch sie mit Löffeln gefressen hatte. Trotzdem hat sie Geschmack gehabt, denn die Wohnung ist erstaunlich gemütlich.

Ich finde es merkwürdig, daß Simon ständig quengelt, daß wir zusammenziehen sollten. Eine Frau in meinem Alter, die den Freiraum wieder aufgibt, den sie ein ganzes Leben lang gehortet hat. Jetzt sich das anzutun, von morgens bis mitternachts einen anderen um sich zu haben, einen anderen als dich, dasselbe Essen zu essen, dieselbe Aussicht zu betrachten. Einsamkeit ist zwar zum Versumpfen zäh, aber ich will lieber nicht daran denken, wie es wäre, wenn Simon und ich aufeinanderhocken würden. Ach, er ist völlig unrealistisch in solchen Dingen.

Trotzdem verstehe ich ihn, so ist es nicht. Mami versteht doch immer alles. Er hat sein ganzes Leben mit dieser Frau – und den Kindern, solange sie da waren – zusammengelebt. Er ist es gewohnt, nachts beim Aufwachen die Wärme eines Körpers zu spüren und zu wissen, daß jemand Lebendiges im selben Bett ist. Bei mir ist das etwas anderes. Ich bin nicht erstaunt, aufzuwachen und nichts vorzufinden als meinen Ellbogen oder mein Ohrläppchen, niemanden atmen, sondern nur das Ticken der Kindheitsuhr zu hören und darauf zu warten, daß sie gnädigerweise die Schläge vermehrt.

Anteil unter der Sonne

»Das ist das Unglück bei allem, was unter der Sonne geschieht, daß es dem einen geht wie dem andern. Und dazu ist das Herz der Menschen voll Bosheit, und Torheit ist in ihrem Herzen, solange sie leben; danach müssen sie sterben. Denn wer noch bei den Lebenden weilt, der hat Hoffnung; denn ein lebender Hund ist besser als ein toter Löwe. Denn die Lebenden wissen, daß sie sterben werden, die Toten aber wissen nichts; sie haben auch keinen Lohn mehr, denn ihr Andenken ist vergessen. Ihr Lieben und ihr Hassen und ihr Eifern ist längst dahin; sie haben keinen Anteil mehr auf der Welt an allem, was unter der Sonne geschieht.«

In meinem Fall töte ich mich nicht, sondern ich setze meinem Leben ein Ende. Nicht zu glauben, daß das vor mir liegen sollte. Lebendige Alda. Setzt sich ein Ende. Es sei denn, der Weltuntergang käme mir netterweise zuvor. Aber dann soll er sich gefälligst beeilen. Ich gebe ihm ein Jahr.

* * *

AUGUSTstrand verschwunden und Nachmittagssonne
im Zenit

Ich breche an SEPTEMBERriff und OKTOBERschäre

Vor mir NOVEMBERinsel, DEZEMBERberge

Fahrt durch dunkle Zeit auf leckem Floß

ohne Hoffnung auf Unfundland JANUAR in irgendeinem JAHR

Zwei Geburtstagstorten im Lehrerzimmer II

Happy birthday to you. Achtzehnter Oktober. Vielstimmiges Singen. Erpir am Kopfende des mittleren Tisches, seines Zeichens Isländischlehrer, singt am lautesten. Immer Maitre de plaisir. Selbst wenn plaisir fehlt.

Wer hat die Torten organisiert? Seit damals, als ich siebenunddreißig wurde, haben sie kein Aufhebens von meinem Geburtstag gemacht. Damals. Vor sieben Jahren.

(Originell von euch, mir auf diese Weise eine Freude zu machen. Jetzt schleicht sich mir der mausetote Steindór ins Gedächtnis, am letzten Tag seines Lebens, bleich Sahnetorte essend. Originell von euch, mir auf diese Weise eine Freude zu machen. Mich daran zu erinnern, daß Anton niemals mehr in einem pechschwarzen Pullover vom Friedhof kommt. Himmlischer Anton. Mein Freund.)

Der kleine Physiker kommt zu spät zur Feier und beglückwünscht mich mit einem sohnartigen Kuß auf die Wange.

Wie alt bist du, liebe Alda? fragt er.

Einundachtzig, sage ich.

Das ruft große Heiterkeit am Tisch hervor.

* * *

Nach der Feier sitze ich völlig erschlagen da und denke über die Dekadenz im Lehrerzimmer nach. Erpir geht mit dem Telefonbuch unterm Arm in die nächste Stunde statt mit seiner Aktentasche. Deutschlehrer Hilbert klemmt sich seinen Schlips ein, als er eine Schallplatte in die Hülle steckt, und blickt verwundert auf die baumelnde Platte herunter. Durchs Fenster hört man Rufen und Schreien. Die Jungs aus der 5b schieben die Ente vom tauben Figfus in Gang, und der springt aus Versehen auf den Rücksitz statt hinters Steuer. Irgendwann einmal hätte man vielleicht darüber gelächelt, aber leider bin ich mir dessen allzu sehr bewußt, daß ich mit diesen Leuten zusammenarbeiten muß.

Natürlich war es eine völlig richtige Entscheidung, weniger zu unterrichten. Sieben Stunden in der Woche sind mehr als genug für uns, die wir unbedingt bei Verstand bleiben wollen. Und auch das Verhältnis zwischen Schülern und Lehrern ist keineswegs begnadeter, als es war, als ich hier anfing. Die Einschätzung der Lehrer in bezug auf die Schüler ist unrealistisch, sie basiert auf allem möglichen anderen denn Objektivität. Und die Schüler glorifizieren die Lehrer völlig ohne Grund. Wir Lehrer sind doch nur ganz normale Menschen.

Das Gesicht wahren

Es ist immer mein Ziel gewesen, ein untadeliges Benehmen an den Tag zu legen: gegenüber Haustieren, Angestellten und Liebhabern (sowohl den eigenen als auch anderen). Das ist mir meines Erachtens auch ziemlich gut gelungen, ohne daß ich mich groß anstrengen mußte. Anderen ist es immer schwer gefallen, mich in kleinliche und heftige Streitereien hineinzuziehen, und auf Tätlichkeiten lasse ich mich nicht ein, noch nicht einmal Klapse hie und da, geschweige denn permanente Schubserei, Ellbogenpüffe, tiefe Seufzer und Aufschreie.

Na ja, und wenn ich irgendwelche Dummheiten gemacht

habe, dann habe ich sie eben gemacht und mich blamiert und die Konsequenzen auf mich genommen, aber mein Benehmen ist tadellos gewesen, und das ist die Hauptsache. Um Objektivität und Gerechtigkeit zu wahren, muß ich doch eines erwähnen: In einem Fall, nur einem einzigen, ist dieses Hauptziel verfehlt worden. Die Sache war die, daß ich ein männliches Wesen traf, das es mir mehr angetan zu haben schien als andere dieser Gattung. Mehr angetan. Völlig grundlos natürlich oder aus keinem besonderen Grund außer dem bekannten: darum. Ach.

Eine ganz spezielle Erfahrung, diese normalen Aktionen: sich küssen, sich umarmen. Nicht zu vergleichen mit sich küssen und sich umarmen. Oder wie es war, als er gerade eben mit seinen Fingerspitzen meine exquisite Taille umtippte.

Aus besonderen Gründen, die kein Mensch versteht, vermochte der Betreffende nicht so weiterzumachen wie bisher, wozu ich ihn aus einem absurden Anfall von Edelmut heraus wahrhaftig auch noch angestachelt hatte, denn ich fürchtete, daß es das Beste für ihn sein würde. Immer noch bereue ich diesen Edelmut. Er könnte dazu geführt haben, daß alles ein Ende nahm, was niemals hätte geschehen dürfen. Ich war darauf eingestellt, das Ende so hinzunehmen, wie es meine Art war, d.h. sehr schwer, aber mit äußerster Gefaßtheit, und abends Belletristik lesend. Aber dann kam das Unerwartete, daß Meine Ruh hin war, wie bei Gretchen am Spinnrad, ich weinte unruhig und schniefte ganz untröstlich an den drallen Wangen des Ex-Liebhabers, und darüber hinaus geriet ich im Lehnstuhl bei diversen Anschuldigungen völlig aus der Fassung, und das ich, die ich immer alles daran gesetzt habe, mich tipptopp zu benehmen. Das ist auch so einfach, wenn einem alles gleichgültig ist.

Das hat all die Jahre an mir gezehrt: Wäre er wohl zu mir zurückgekehrt, wenn ich das Gesicht gewahrt hätte? Jemand, der nicht das Gesicht wahrt, ist nicht nur nackt, sondern auch offen, und die ekelhaften Eingeweide werden sichtbar. Keiner erträgt einen anderen nach einer solchen Einsicht, es sei denn, ein ausgebildeter Chirurg. (Ja, vielleicht wäre er zu mir zurückgekehrt, wenn ich nur dagesessen und die Nägel geputzt hätte, als er mich in den äußersten Abgrund stürzte, besonnen und liebenswürdig wie jemand, der aus dem Stegreif eine Rede zum sechzigsten Geburtstag hält).

Gedenken an Alma

Verzeih mir, Freund, daß ich ein wenig fremdgehe und nicht nur an dich denke. Ich vermisse auch meine Alma und wünschte mir, sie hätte am Leben bleiben dürfen. Ich habe fast die bessere Hälfte verloren, denn Alma und ich waren so gut wie verheiratet.

Gerade jetzt in diesem Herbst hätte sie unbedingt leben müssen, zu unser beider Ruhm und Ehre. Was glaubst du, wie würdevoll wir untergehakten Schwestern in unseren alten Mänteln aussähen: über Eisbuckel schlitternd, in Hotellobbys Tee trinkend, beide das Haar auf die gleiche Weise hochgesteckt, hoch oben in den Lüften leicht beschwipst über kleine Anzüglichkeiten lachend, möglichst mit exotischen Fluggesellschaften.

Alma war fast noch vollkommener als ich. Niemals aufdringlich. Unser Zusammenleben im Haus verlief reibungslos, selbst wenn wir einander manchmal auf die Nerven gingen.

Für mich wäre es naheliegender gewesen zu sterben als für Alma. Sie hatte es nicht verdient, so zu sterben. Und mir war klar, daß die Krankheit besser mich befallen hätte als sie. Sie hatte nämlich etwas, was ich nicht hatte: Spaß am Leben. Und sie war jemandes Mutter. Sie hätte erleben sollen, wie Sigga studierte und heiratete und die kleine Alma bekam. Mütter sollten nicht im besten Alter sterben, sondern steinalt werden mit einem Haufen Nachkommen aller Generationen um sich herum.

Die Bedeutung von Berührung

Als du berührtest, bedeutete jede Berührung etwas. Du streicheltest mir den Handrücken, um mir das Geheimnis zu verraten: wie du mich fandest. Du fuhrst mir übers Haar, um mich zu beschützen und Gottes Engel über meinem Haupt zu versammeln. Du küßtest meinen Fuß wegen deines Fußfetischismus, über den ich mich immer so amüsiert habe. Du riebst mir die Schläfe, um schwere Gedanken leichter zu machen. Du bissest mich ins Ohr, um mich zu erregen und mir zu beweisen, daß du mich völlig in deiner Gewalt hättest, und das hattest du, ich existierte nicht als solche.

Das Fest auf dem Balkon II

Ich habe mich in norwegischen Skihosen mit der Sachertorte, die Alma nie mehr backen wird, auf den Balkon gesetzt und habe schon angefangen zu essen, als Egill den Weg zum Haus hinaufkommt und eine braune Einkaufstasche aus steifem Kunststoff schwenkt.

Herzlichen Glückwunsch, ruft er, zieht mit Schwung einen Strauß feuerroter Rosen aus der Tasche und wirft ihn zu mir auf den Balkon herauf. Ich schnappe.

Er setzt sich zu mir und bekommt ein dreistöckiges Tortenstück. Wir blicken schweigend auf die graue See. Die Tageszeit ist eindeutig, Spätnachmittag, aber es gibt keinen Hinweis auf die Jahreszeit außer den Farben der Blätter. Wenn sie nicht wären, könnte dieser Herbst Sommer Frühling Winter sein.

Kommst du, um dich zu verabschieden? frage ich.

Nein, wie kommst du darauf?

Dann erst kommen sie mit Rosen.

Wer zum Beispiel.

Anton zum Beispiel, rutscht es aus mir heraus.

Das hätte mir nicht passieren dürfen. Egill verstummt zunächst. Dann brennen bei ihm sämtliche Sicherungen durch. Ich hätte nicht für möglich gehalten, daß Egill Arngrímsson so emotional werden könnte. Jetzt behauptet er, alles zu verstehen. Warum ich so geworden bin. Ich verschwende nicht einmal einen Satz darauf zu fragen: Wie – so.

Du hättest mir das schon längst sagen sollen, Alda.

Es gab nichts zu sagen.

Du bemitleidest dich selbst ganz gewaltig.

Hast du noch so einen auf Lager?

Du hast dich völlig im Netz eines Traumes verfangen.

Ich habe nichts Besseres als den Traum.

Die Maschengröße von Traumnetzen muß angemessen für uns Fische sein, um hindurchschlüpfen zu können. Hinein in den Traum. *Hinaus aus dem Traum*. Sagt ein gedankenschwerer Egill.

Ich gehe lieber und hole Napoléon, als auf das Geschwafel von Egill zu hören. Ansonsten wollte ich den Kaiser für mich haben. Ich betrachte Egill, meinen Freund, und sehe einen Vernunftmenschen, der keinen blassen Schimmer hat. Lieber will ich mir das graue Meer und Álftanes anschauen. Lieber will ich die leuchtenden Farben der Blätter anschauen. Als absurde Vorträge über meine Angelegenheiten anzuhören.

Die kostbaren Tropfen schaffen es nicht, ihn zum Schweigen zu bringen.

Alda, du warst so unkompliziert und lebenslustig und freizügig.

Du bist nicht mehr dieselbe, Alda.

Dann bin ich vielleicht nie dieselbe gewesen.

Und wie bist du jetzt geworden, Alda. Ich mache dir Vorwürfe wegen schändlichen Mißbrauchs der Zeit.

Mach lieber Anton Vorwürfe. Mich zu verlassen, als noch Zeit war.

Du lebst in der Vergangenheit.

Nein, Egill. *Ich lebe in der Zukunft. Weil ich weiß, wie sie sein wird.*

Zum Glück kommt Sigga mit der sechsmonatigen Alma, so daß ich nicht mit Frechlingen Konversation machen muß, die sich mir mit Fragen und Einwänden aufdrängen. Allerdings macht das Wickelkind ein fürchterliches Theater, es brüllt und grunzt abwechselnd. Und Sigga muß während der einen Stunde, die sie bleiben, dreimal die Windeln wechseln. Aber lieber will ich Krach und Scherereien um mich haben als Egill mit einem reformatorischen Raptus. Ich weiß nicht, was über ihn gekommen ist. Früher hat er sich nicht so angestellt.

Sigga steckt mir heimlich ein Geburtstagsgeschenk zu. Den gerade erschienenen Roman einer isländischen Frau um die Dreißig. Eine Liebesgeschichte. Naja. Sigga hat niemals Sinn für Literatur gehabt. Ich gehe damit morgen ins Geschäft und tausche um.

Das Geburtstagstrio hat glücklicherweise so viel Verstand, daß es die Gesellschaft gegen sechs verläßt, so daß ich nicht auch noch für sie kochen muß. Das Geschrei von dem Fratz höre ich noch die ganze Straße entlang. Es ist Sigga hoch anzurechnen, daß sie mich niemals bittet, Babysitter für die kleine Alma zu spielen.

Ich setze mich mit einem kleinen Napoléon in den väterlichen Lehnstuhl, lege Casablanca ins Videogerät ein und beschließe, mich morgen früh zu entschuldigen, was ich auch an demselben Tag vor sieben Jahren hätte tun sollen, statt die Nachricht von Steindór Einarssons Tod entgegenzunehmen. Ich war gemein zu dir, Steindór, aber das rächt sich. Wenn du nur gewußt hättest, daß es auch mit mir schiefgehen würde. Meine Geschichte wäre eine andere geworden, wenn ich dich besser behandelt hätte. Steindór Einarsson, eine Seele von Mensch. Ich entschuldige mich morgen früh. Solche Tage wie der morgige können kommen, an denen man platterdings nicht beabsichtigt, mit seinen Leviten der Dummheit persönlich gegenüberzustehen und deutsche Verben zu konjugieren.

Leben in Wahrheit

Es hat Tage gegeben, wo ich unter der Sonne schwebte und dich am Meer dafür pries, daß du den ganzen Horizont ausfülltest. Es stimmt, daß ich bei purem Sonnenschein am meisten an dich dachte, in wolkenloser Luft.

Da kam mir oft in den Sinn: Warum darf ich dich nicht zur Seite haben, so wie Freunde einem zur Seite stehen?

Es war einfach nicht möglich. Obschon, natürlich war es möglich. Aber es wäre Schwindel gewesen. Weil man nicht berühren durfte.

Ich hätte die Liebe aus den Augen verlieren müssen. Und ich hätte vergessen müssen, um dich bei mir haben zu können: als

Telefonfreund, Brieffreund, Kaffeefreund, als eloquenten Wortführer bei Partys hier und da. Als Promenierfreund, Guru und charmanteste Persönlichkeit im Umkreis von fünf Kilometern. Ich konnte mich nur nicht in die erforderlichen Moleküle auflösen. Obwohl, ich hätte es können. Es wäre bloß eine verdammte Lüge gewesen.

Es gibt Dinge, die ich mir einfach nicht zurechtbiegen darf. Unabänderliche Dinge. Ich bin nicht befugt, daran zu rühren. Die Liebe zu dir ist nämlich Wahrheitsliebe. Eine Frau wie ich ist imstande, alles aus allem zu machen. Aber die Lüge lehnte ich ab.

DAS WAR VERKEHRT: Mit einer netten kleinen Lüge hätte ich glücklich werden können, glücklich, glücklich, glücklich. Mit der Lüge wäre das Leben schön und reich und fett geworden anstelle des wahren häßlichen Lebens, das mager und armselig ist. Harteswahreskeusches Leben. Verkalktes Leben, verkrüppeltes Leben, unentwegtes Alter.

Ich hätte dich als Lügenfreund zur Seite gehabt und du mich. Wer weiß, vielleicht hätten wir uns beide großartig entwickelt, hätten an Weisheit und Alter zugenommen, als Salonfreunde, Tafelfreunde, Sonnenbadfreunde auf Öslkjuhlíd. Wer weiß, ob du mich nicht zu flotteren Taten animiert hättest als zum Reisen. Wer weiß, ob ich dich nicht zum Präsidenten des Universums gemacht hätte, mit meiner stimulierenden Nähe zweimal im Monat oder so. Wer weiß?

Freie Fahrt

Ich kann mir Männer vorstellen, ja, ich kenne Männer, die sind bedeutender als du, intelligenter als du, belesener als du, Männer, mit denen es mehr Spaß macht zu reden, Männer mit mehr Substanz, Männer, die besser sind als du. Männer, die nicht über diese gnadenlose Gefühllosigkeit verfügen, mit der du uns abgefertigt hast. Aber aus irgendwelchen Gründen bist es dududu. Für mich. Der einzige Mensch auf der Welt, der je mein Innerstes anrührte.

Ich war gezwungen, dich zu wollen. Dennoch wehrte ich mich dagegen, und manchmal konnte ich es mir versagen. Ich vergaß dich, vergaß, eine Woche lang, einen Monat, einen, zwei, drei. Aber immer endete es damit, daß du wieder in das armselige Bewußtsein hineinsegeltest wie Schiffe ins Blickfeld: Segelschiff, Schnellboot, Kriegsschiff, Trawler. Ich begann einzusehen: Ich bin dein armes Meer. Du hast freie Fahrt auf allen Passagen, unter allen Flaggen.

Der Blick des Mitleids

Es war einmal ein Mann, der saß zu Hause Alda gegenüber. Er hatte Schluß gemacht und durfte nicht berühren. Er blickte auf meine Schultern und Brüste und Hüften im hellroten Kleid, und du bemitleidetest Alda, die alles verloren hatte, und du wolltest mit den Händen zu mir, aber du durftest nicht. Niemand schaut so auf mich wie du, und niemand darf mich bemitleiden außer dir. Ich akzeptierte alles, was du bereit warst mir zu geben, sogar Mitleid, ich konnte mich nicht schämen.

Hervorbringung des Kerns

Du berührtest nicht mich, sondern den Kern, von dem niemand weiß, woraus er besteht. Ich wußte nicht, daß es diesen Kern gab, aber du brachtest ihn zum Vorschein. Das war nett von dir. Dann hast du diesen meinen Kern losgelassen. Jetzt kullert er einsam im Leeren.

Ich ertrage es nicht

ihn zu sehen, noch nicht. Meine Mundwinkel beginnen zu zukken, wenn ich ihn in Austurstræti spazieren, um die Ecke biegen, aufs Postamt gehen sehe. Massiv wie die Statue einer bedeutenden Persönlichkeit. Wenn ich dir zufällig begegne im Theater, Buchgeschäft, auf Austurvöllur, in der Hafnarstræti. Lächelst du schwach und wechselst die Farbe. Ist das aus Mitleid mit mir Gealterten oder ist es möglicherweise die Liebe? Die Verliebte verkalkt in der Hüfte und geht am Stock. Nachdem es so um sie steht, beeilt sie sich schleppenden Schritts in einen Häuserdurchgang hinein, wenn sie glaubt, ihn irgendwo zu erblicken, oder hält konzentriert und tief nachdenklich vor einem Schaufenster inne und tut so, als ob sie hinschaut, damit er nicht herausfindet, wie schlecht es um sie steht.

Immer noch ist Herbst oder Nov. Aldas letzter Monat mit diesem Namen. Jegliche Farbnuance wird genau beobachtet. Allerletzte Chance. Vielleicht ist das Ende so: Ich gehe von Farbe in Schwarzweiß über. Nein. Das Ende ist simples Grau: möglicherweise Transparenz. Farbe stockt auf der ganzen Linie. Geruch verflüchtigt sich.

* * *

Jahreszeitensammlerin Alda
Ordnete Winter Frühlinge

Letzte Weihnachten, Sonnenwende

Alda abseits, vom Weg abgekommen
holprig lahm in Tirililosigkeit

* * *

Weihnachtstafel für zwei. Für vier, als ich klein war, für drei, nachdem Papa starb, für zwei (Alma und mich), nachdem Mama starb. Dann im Jahr danach wieder für drei, denn da war Sigga auf die Welt gekommen, und Alma und ich deckten für sie einen kleinen Porzellanteller und ein kleines Silberbesteck, obwohl sie nur ein sabbernder Winzling war. Jetzt wieder für zwei. Für uns beide. Mamas Tischtuch mit Hohlsaum. Handgeschliffenes Kristall. Alles, wie es immer war und nie wieder sein wird.

Nächste Weihnachten kommen nicht mehr in Betracht.

Ich warte dann darauf, daß die Glocken um sechs Uhr läuten und ich mit den Schneehühnern anfangen kann. *Eins hoch in den Bergen, fern dem warmen Haus.* Puppe Alda in Vaters Sessel wie immer zu Weihnachten. Siebenjähriger Roter im Glas. Unser Produktionsjahr steht auf der Flasche. Jahr Nummer eins.

Nein. Ich brauche nicht zu warten.

Ich kann anfangen, auch wenn keine Glocken läuten. Sie schweigen nämlich noch weitere drei Tage. Wir haben den kürzesten Tag des Jahres, 21. Dez. Der Weihnachtstag des Lebens. Was hat er dir bedeutet, dieser Tag? Mein Freund. DER ERSTE KUSS. Das werde ich nie zu wissen bekommen. Die Sauce ist fertig. Setz dich mir zur Gesellschaft. Bitte, greif zu. Solange alles heiß ist. Mein Freund.

* * *

Wahrscheinlich habe ich 39,5, aber wozu messen, und einen Arzt oder so was werde ich auch nicht holen. Wozu? Mir geht es nicht einmal schlecht. Mir ist bloß kalt. Obwohl ich unter zwei Daunenbetten liege.

Es war mühselig, ins Nachthemd zu kommen. Das weiße, in dem du mich einmal gesehen hast. Einmal, ja. Es schadet bestimmt nicht, passabel auszusehen, falls man morgen früh oder im Laufe des Tages in Gott weiß was für einem Zustand gefunden würde. Glücklicherweise brauche ich keine Angst zu haben, daß schon die Verwesung eingesetzt hat, bevor jemand kommt, denn Sigga läßt sich spätestens übermorgen blicken, das weiß ich, denn es ging mir nicht gut. Ansonsten ist sie nachlässig in bezug auf Besuche bei mir. Die doch fast ihre Mutter ist.

Ich traue mich nicht in die Badewanne; erkältet, wie ich bin, und mit meinen morschen Knochen könnte ich mir bei derlei akrobatischen Aktionen wahrhaftig etwas brechen. Aber ich habe mich von oben bis unten gewaschen und ein wenig L'air du temps von Nina Ricci verwendet.

Die Schlaftabletten sind an Ort und Stelle im Nachttisch. Sie fallen mir immer wieder ein, obwohl ich fiebrig mit dem Oberbett am Ohr vor mich hindöse. Aber ich werde sie mir jetzt nicht einverleiben, falls der ewige Schlaf so liebenswürdig sein sollte, von selbst zu kommen.

Ich muß unwillkürlich über mich lachen (niemals hört man auf, lächerlich zu sein, gleichgültig wie alt man ist), daß mir so etwas einfällt: Alda auf die Ellbogen gestützt im Damast, das alte Telefonbuch da aufgeschlagen, wo dein Name steht und die Nummer, die sich nicht geändert hat; daß ich hier sitze mit dem Telefonbuch, denn deine Nummer kann ich noch auswendig, und ich würde auch sowieso niemals anrufen, denn deine Frau könnte antworten, und ich würde auch nicht anrufen, wenn sie tot wäre, und auch nicht, wenn ich haargenau wüßte, daß ich morgen früh nicht mehr aufwachen und niemals mehr deine jungenhafte Stimme hören oder dich wiedersehen würde, das schwarze glänzende Haar und die Augen, die ein Himmel für sich sind oder ein Antlitz mit Augen aus Wolken, wie ich einmal gesagt haben soll.

Aber ich will gerne zugeben: Ich wollte, du wärest hier bei mir. Du bräuchtest nichts zu sagen, aber wenn du mich nur für einen Augenblick unter dem Oberbett umarmen würdest, damit ich die Bärenwärme spürte, und wenn dein Atem so süß duftete wie einst, dann würdest du mich unendlich glücklich dorthin geleiten, wo ich bereits seit langem zu Hause bin.

Selbstverständlich kann ich nicht verlangen, bei dir zu sterben. Ich begreife jetzt, daß man mit nichts, was einem das Schicksal beschert, allein dasteht, und wie viele alte Frauen sind nicht schon vor mir im schmiedeeisernen Bett gestorben, auf den Ellbogen gestützt, allein auf zwei Etagen, mit dem Telefonbuch dort aufgeschlagen, wo dein Name steht.

Bevor wir endgültig gingen, kam er doch zu mir, genau wie wir vorausgesagt hatten, daß er kommen würde, und er umarmte uns unter dem Bett und wärmte uns mit seinem Pelz, und mit der freien Pranke strich er uns über die Schläfe, und ihm entströmte wirklich ein süßer Geruch, als er sich näherte.